上村松篁说:"母亲没有告诉我画画需要特别注意什么,但始终勤奋的身影是她留给我最大的财富。"画中美人何其绚烂,皆源自画家那份更有早行人的真切之心。

本书收录松园以画为道五十年间的回忆私想。从日本画坛蜚声海外的天才少女到凭借一己之力创立日本美人画的巅峰,画笔吟唱一行闪耀的人生路。

追念着曾经一路同行的那些人,怀恋明治时代美术界蓬勃的旧时光。那些稳稳推着她向前的爱,俗世沉浮的侵扰,人生况味尽在期间。

"莫道君行早,更有早行人。"

这一句艺术之路恒久的定理,在每个人的一生,也适用。能将全幅身心投入所爱之事的人,是幸福的。希望每个人都能找到自己的一份热爱,持续深情地努力下去。

因为是你热爱的事,所以一点都不辛苦。

书,当然要每日读。

书·美好生活
Book & Life

更有早行人

上村松园 · 著

方旭 · 译

うえむら しょうえん

早く行こう 旅人よ

图书在版编目（CIP）数据

更有早行人 /（日）上村松园著；方旭译 . -- 北京：北京时代华文书局，2019.6
ISBN 978-7-5699-2575-3

Ⅰ . ①更… Ⅱ . ①上… ②方… Ⅲ . ①随笔—作品集—日本—现代 Ⅳ . ① I313.65
中国版本图书馆 CIP 数据核字 (2018) 第 211951 号

更有早行人
GENG YOU ZAO XING REN

著　　　者	[日]上村松园
译　　　者	方　旭
出 版 人	陈　涛
选题策划	陈丽杰　仇云卉
责任编辑	陈丽杰　仇云卉
封面设计	lemon
内文版式	迟　稳
责任印制	刘　银　范玉洁

出版发行｜北京时代华文书局 http://www.bjsdsj.com.cn
　　　　　北京市东城区安定门外大街 136 号皇城国际大厦 A 座 8 楼
　　　　　邮编：100011　电话：010 - 64267955　64267677

印　　刷｜北京富诚彩色印刷有限公司　010-60904806
　　　　　（如发现印装质量问题，请与印刷厂联系调换）

开　　本	880mm×1230mm 1/32	印　张	6	字　数	92千字
版　　次	2020年5月第1版			印　次	2020年5月第1次印刷
书　　号	ISBN 978-7-5699-2575-3				
定　　价	49.00元				

版权所有，侵权必究

推荐语

宁远

上村松园是幸运的,有着这样一位母亲。母亲是她最柔软却也最坚强的依靠,凭单薄的女子之躯,为父亦为母,以卖茶为业,独自抚养两个女儿长大,用辛苦与坚韧换得体面与尊严。她用自己的一生,给松园上了一堂简单、自然又丰硕的人生之课。那些永不枯竭的爱与支持,已经牢牢生长在松园的身体里,成为她永远的火焰与光明。你看,对世上的每个孩子来说,母亲,都是这样重要的人啊。

蒋婵琴

她被视为天才,却一生不失努力、隐忍与精进;她历经命运跌宕、家境变迁,却始终保持美、雅及坚韧的姿态。岁月与现实给予的残缺与榨炼,最终成为养分,浇灌画作,绽放圆满;也让生命之果,流转不息。其莹洁无纤尘、如珠玉般清澄高雅的气息传递,即便空间、历史遥远,仍能清晰感知。

她终生践行"画笔报负",以艺术济度他人;是母亲,也是女画家。为此,用尽力气,活出了气象。看她的画,读她的人生,活着的人会得到宽慰。

五瓣花

上村松园将古旧之美,古旧之生命,古旧女人之精神,都在画笔中一一呈现,她只画女人,她清晰地描画她们的眉、唇、眼、脸、衣饰,更重要的是她皆画出这些女人的内心之神,孤绝、自立、带着一些骄傲,不屈于世事的艰难,始终有所向往。她在栖霞居里绘画,只愿"以霞为食以霓为衣",一生浪漫、柔情又足够坚韧,时常从清晨画到黄昏,不断精进努力执著于绘画,艺术成就从来不是她的目的地,而那"只要手一拿起画笔,心中就一粒尘埃也飞不进"的时光,才是最滋养她的时刻吧。

茉莉

其画其字其人，虽然来自远方，但在内心却抚起了波澜。那些与母亲的故事，艺术旅途上的摸索，生活中往往被忽略的片刻，如同一位好友隔空叮咚传来的信息，掀起记忆的暗潮。不同时代，不同家乡，然而女性独有的心思却是相同的，愿我们都在这微妙气息里触摸生活之美。

莲羊

第一次看到上村松园先生的作品，是五六年前搜索竹内栖凤时偶然遇到的，那时候只看到些网上的失真图，简单的当工笔画来了解了一下。直到2015年到日本来做文化交流，原以为日本的"院展"、"日展"这些全国美展上展出的作品都该是浮世绘或上村、竹内一样的"传统日本画"，但所见皆是一张张西方感实足的"现代日本画"，颇有些失望。

为此，我专程去了趟京都，去当地的美术馆、博物馆和画廊里寻找我印象中的传统日本画。看着上村松园先生的张张原作，久久流连，并亲自临摹了一张，自此刷新了对日本画的认识。上村先生主要创作的是穿着和服的美人，衣褶的长短和相互间的距离、脖子的曲线和手指的弯曲度、左右衣领相交的角度等等……临摹之后才感觉到一切都是精心设计的结果，用线之严谨、用色之精准都令人慨叹，所以国内常常说日本画设计感很强也的确不为过。

这本书搜集了上村松园先生的数十幅代表作，一能帮助我们研究明治维新后全盘西化的日本在东洋画和西洋画之间的探索，也能帮助美术学子了解传统日本画的一些构图、用线用色的特点，更重要的是，将为画者在绘画之路中循着的那份执着的爱记录下来，值得收藏。

序言

上村松园生于明治八年（1875年），是一位活跃在明治、大正、昭和三个时期的传奇女画家。作为画坛"天才少女"，她十五岁以《四季美人图》参展第三届内国劝业博览会，获得一等奖，这幅作品还被来日本访问的英国皇太子看中而买下。此后，上村松园在日本画坛崭露头角，不断发表优秀作品，并于一九四八年获得日本文化勋章。

她一生致力于画美人画，线条纤细，色彩雅致，洋溢着日本古典的审美与韵味。但是松园对于画的艺术追求，并没有停止在视觉感知的层面，她所渴望传达的，是蕴含在温文典雅的美人画中、女性温柔而不屈的坚定力量。她说：

我从不认为，女性只要相貌漂亮就够了。我的夙愿是，画出丝毫没有卑俗感，而是如珠玉一般品味高洁、让人感到身心清澈澄静的画。人们看到这样的画不会起邪念，即使是心怀不轨的人，也会被画所感染，邪念得以净化……我所期盼的，正是这种画。

松园作为一名画家，一名画美人画的画家，一名女性画家,她的随笔中,不仅记录了创作的构思灵感与艰辛历程,还有她的成长经历与生命中难忘的邂逅,而更能充分表达她的思想的,是关于女性如何生活、处事的论述。松园推崇传统的日式美,认为这是最适合日本女性的审美表达,而对于随波逐流、学着欧美人的样子把自己弄得不伦不类的打扮,她则保持怀疑态度。她冷眼观世,"然而如今世人,都醉心于'流行',从和服的花纹到发型,不管什么都追在'流行'的后面,却从不考虑是否适合自己";却对真正的美充满热心,"我希望妇人们能各自独立思考,找到什么是真正适合自己的"。在审美打扮上,松园希望女性能够找出独属于自己的风格,而不是一味被潮流所左右,这一点与Coco Chanel的名言"时尚易逝,风格永存",是多么不谋而合。

上村松园的"传奇",除了体现在她出色的作品上之外,还因为她波澜起伏的人生。当她还在母亲腹中,父亲就去世了,母亲仲子带着两个女儿,一人经营起家里的茶叶铺,支撑家计。在明治时代,女性被认为"只要学端茶倒水、做饭缝衣就够了",而松园却因为热爱画画,开始进入绘画学校学习。亲戚朋友们都不理解,纷纷指责"上村家把女儿送去学画,是想要干什么?",幸而松园有一位开明达观的母亲,她坚定地支持女儿的梦想,送她去学画,尽可能地给松园提供稳定的学习环境。

松园回忆起温柔而慈祥的母亲,描绘童年时与母亲的生活点滴,不禁让人为这对相依为命的母女动情落泪:

> 母亲外出迟迟未归,我出门去接母亲,当时下着雪,是一个寒冷的冬夜。还是小孩的我非常想哭,母亲看见我,"啊"的一声显出吃惊的样子,接着又很高兴地说"你来了啊,哎呀,哎呀,一定很冷吧",说着把我冻僵的手握在两掌之中,为我搓热。

虽然有了母亲的支持,但松园的绘画道路依旧坎坷。在女性受教育尚不普及的年代,绘画学校的女学生很少,出门画写生时也不如男学生那般方便。更有甚者,有嫉恨她的人,在松园展出的作品上胡乱涂鸦。松园坦诚,有好几次,她都想到了一了百了。

然而,照亮这崎岖幽暗道路的,正是松园的几位老师,他们也是日本画坛中如灯塔般矗立、为后辈照亮前路的伟大人物:铃木松年、幸野梅岭、竹内栖凤。在松园的回忆里,三位老师画风不同、性格迥异,但都对艺术充满热忱、对学生十分爱护。从松园与老师的互动中，可以窥见那个时代日本师徒之间的传道方式、绘画技巧，还能感受到一代大师在日常生活中的真情流露。

有时候先生会画描绘雨中场景的画。要让水汽充分渗透，不仅要用毛刷刷，还要用湿布巾"飒飒"地擦，擦的时候绢布会发出"啾啾"的声音。先生频繁地擦，隔壁房间的小园就走出来用可爱的声音说："阿爸，画在'啾啾'地叫呀。"于是先生应道："嗯，画是在'啾啾'地叫呀。再给你做一遍吧。"就又在绢布上"飒飒"地擦。

松园的母亲还没生下她时，就成了单身母亲；似乎是命运的相似，松园在二十七岁未婚生子，作为单身母亲抚养儿子长大。在当时的社会环境下，她经受了怎样的流言蜚语、指指戳戳，可想而知，但松园丝毫没有提及这些不愉快，相反地，在她的随笔中，尽是与儿子松篁相处时的幸福回忆。

儿子松篁也和我一样喜欢金鱼。……当他看到心爱的金鱼像寒冰中的鲤鱼一样一动不动，马上显出担心的神色，于是拿来竹枝，从缝隙间去戳金鱼，看到鱼动了，就露出安心的样子。

我耐心地教导他：

"金鱼在冬天要冬眠，你这样把它弄醒，它会因为睡眠不足而死掉的……"

儿子松篁似乎不明白金鱼为什么要在水里睡觉，只是苦着脸说："可是，我担心呀……"说着，回头看了看鱼缸。

不知是否是画家的血液得到了传承，松园的儿子上村松篁和孙子上村淳之，也都成了日本画坛知名的画家。对于这一点，松篁说过："母亲并没有教过我画画需要注意什么，但她始终勤奋努力的身影，是她留给我最大的遗产。"这大概就是，最高境界的教养，不是对孩子"耳提面命"，而是让孩子"耳濡目染"吧。

在世俗生活与艺术道路上饱尝艰辛的松园，深深体会到，女性要想在这世上生存下去，必须坚强，必须自己拯救自己。

人活一世，实际上就像乘一叶扁舟羁旅，航程中有风也有雨。在突破一个又一个难关的过程中，人渐渐拥有了强盛的生命力。他人是倚仗不得的。能拯救自己的，果然只有自己。

坚强、自省、保持真诚，松园从七十多年绘画生涯中提炼出的感悟，又何尝不适用于我们的人生呢？

在审美上拥有属于自己的风格，在事业上持之以恒、勤奋精进，在生活上坚毅刚强、勇敢面对，这是上村松园身为一个画家、一名女性，想传达给我们的。

有幸受北京时代华文书局的邀请翻译此书，多次读到动情处不禁潸然泪下。用心读完，仿佛与作者一道，经历了波折起伏、不屈奋斗的一生。由于时间匆促，难免或有错漏之处，还望各位读者海涵。

方旭
2019年12月 于北京

目录

壹 我的绘画之路

忆往昔——童年物语	003
回想梦开始的那些日子	014
绘画学校时代	021
回忆——回顾为画之道的五十年	027
直到今日	032
座右第一品	034

贰 我所生活的世界

四条大街附近	047
关于写生帖的回忆	049
画砂的老人	054
米豆上的世界	056
栖霞轩杂记	060
山中温泉之旅——发甫温泉的回忆	073
明治怀顾	076

(六) 我记忆里的那些人

三人之师	083
土田先生的艺术——追悼土田麦僊	097
被取笑的裂桃髻姑娘	100
追寻旧日记忆 追悼山元春举	102
竹内栖凤先生的往昔旧事	105
说说我的母亲	111
对母亲的追慕	118

㊀

我的绘画之路

私 の 絵 の 道

忆往昔——童年物语

父亲

我出生于明治八年❶四月二十三日。那时,父亲已经离开了人世。

我在母亲的腹中,目送着父亲远去的背影。

那时候人们还认为"照相机会摄走人的灵魂,人拍照就会死掉",所以父亲也没留下一张照片以供留念。但是我好像长得特别像父亲。提起父亲的时候,母亲经常对我说:"你的脸简直和你父亲的一模一样。"因此当我不时地想起父亲的时候,就对着镜子,端详映在镜中的自己的脸。

"父亲就是以这样的面容去世的吧。"我喃喃自语。

祖父

我的祖父叫上村贞八,据传,他继承了引发大阪天保之乱❷的町奉行大盐平八郎❸的血脉。

那时候官府的审查很严格,所以祖父一直隐瞒着自己的身世。

❶ 明治八年,1875年。正文年份均据此推算。

❷ 天保之乱,日本江户幕府末期的城市平民起义。1837年在大阪爆发,领导人为大盐平八郎。因叛徒告密被幕府迅速镇压。

❸ 大盐平八郎,名后素,字子起,通称平八郎。江户时代后期阳明学派儒者。十四岁袭父职,任大阪『町奉行』属下的『町与力』(类似管理民政事务的警察)。1830年辞职,开设家塾,专事教育与著述。

在京都高仓三条南，有一家叫作"千切屋"❹的有名和服店，现在也还存在。祖父就在这家千切屋工作，做了很长时间的经理。

千切屋夏天卖麻布单衣，冬天卖棉服，据说当时是京都一流的和服店。

店铺总领的长子让贞八在麸屋町六角开了家当铺，据说到第三年，仓库里就堆满了当品。

然而却遇上了那场著名的蛤御门之变❺，京都陷入火海炮轰之中。隔壁家遭了炮弹，引发的大火把当铺的仓库烧光，一家人性命垂危，逃往伏见❻的亲戚家避难去了。

那时候母亲仲子大概有十六七岁，后来时常向我们讲述事变之时的恐怖场景。

那是元治元年的事了。

很快，祖父在四条御幸町西的奈良物町重新建了房子，这次做起了刀剑的买卖。

每逢参勤交代❼的大名的队伍经过，店里就聚集了许

❼ 参勤交代，亦称为参觐交代，是日本江户时代一种控制各大名的制度。各藩的大名需要前往江户替幕府将军执行政务一段时间，然后返回自己领土执行政务。

❻ 伏见，日本京都地名。

❺ 蛤御门之变，又称禁门之变，是1863年的8月18日政变中长州藩及尊皇攘夷派势力被逐出京都后，长州藩以排除会津藩主、京都守护职松平容保等人为目标，派兵进入京都市区内与幕府联军进行激烈巷战的事件。

❹ 京友禅的老铺"千总"创立于1555年，远祖千切屋与三右卫门，在应仁之乱时逃亡至江国贺郡避难，乱后不久回到京都室町三条开始营生，采用屋号"千切屋"，用"千切台"作为商标。主营法衣装束的织物业。

多武士，他们买了刀剑呀护手呀再离去，似乎这样是很时髦的。

等到他们回自己的领土去的时候，也会来买很多小孩子玩的刀呀枪呀，作为从京都带回家的礼物。

茶叶铺

又过了不久，迎来了明治维新，天皇陛下从京都御所迁到了东京的皇宫，往日繁盛的京都就像大火被浇灭了似的冷寂下来。然后又颁布了废刀令，祖父家的刀剑店被迫关门，歇业了一段时间。这时候母亲仲子认了一个养子，以此为契机开了家茶叶铺。这位养子叫太兵卫，曾经在卖茶的商店做过很长时间的伙计，他的经验也发挥了效用。

茶叶铺被取名为"千切屋"，大概是借用了祖父工作过的和服店的名字。

不过，"千切屋"作为茶叶铺的名字是自古以来很常见的，所以也算不上特别照搬和服店的名字吧……

现如今在寺町的一保堂附近，还残留着过去的风貌。我们家的店铺，外边的地方是店堂，早晨开门营业，到了夜里就关门，店堂里并排列着五六个贴了涩纸❽的茶柜。

店里摆着许多名为"棚物"❾的茶壶，里面是上等的好茶。

我差不多五岁的时候，就喜欢看小画书、在玩具上画画。我一边听着店里的客人谈话，一边坐在账房柜台的桌子边，从砚箱❿里取出笔，在母亲给我的日本纸上画画。

客人们不论什么时候来，我都在画画。我记得他们常常笑着对母亲说："你们家的小津，看得出来很喜欢画画啊，不论什么时候都在画呢。"

来店里的客人有一位画家，他是位著名的樱花研究家，也因此名为樱户玉绪。这位樱户先生给了我好几幅色彩极其艳丽的樱花画作为范本，告诉我"要好好画哟"；又给了我几幅南画⓫，鼓励我照着这些画。

---

❽ 涩纸，涂柿核液的黏合纸（用于包装等）。

❾ 日语中"棚"意为"柜子"，这里将放在柜子上的茶壶称为"棚物"。

❿ 砚箱，砚箱即砚盒是用来盛放砚台的盒子。

⓫ 南画，日本国绘画因受中国"南北宗论"影响而称"文人画"为"南画"，并形成宗派，出版有《南画大成》《日本南画史》等书。南画受中国《逸品》画风影响，形成了描绘"心中之画"进行纯粹艺术创作的风格，减少刻意模仿自然状态，而是绘制其心中的万物，洞悉画作外观之下深层意涵。代表人物：与谢芜村（1716—1783），代表作：《武陵桃源图》；池大雅（1723—1776），代表作《日本名胜十二景图》《山水人物图》《楼阁山水图屏风》《竹林茅屋·柳荫骑驴图屏风》《相扑力士图》等。池大雅以中国故事、典故为题材，不但创作中国历来的画谱，还醉心于日本山水室町绘画，更以西洋画风格的表现手段，确立了自己独特的绘画风格。琳派作品：浦上玉堂（1745—1820），代表作《凤高雁斜图》；芦雪（1754—1799），代表作《海滨奇胜图屏风》。

甲斐虎山[12]曾经给年幼的我雕刻了一枚印章。这枚印章我小心翼翼地保留至今。

绘草纸[13]店

在各种画题中，我最喜欢人物画，从小就是这样。

当时在同一个街町里有一家绘草纸店，叫"吉野屋勘兵卫"，通称"吉勘"。我常常对母亲软磨硬泡，让她买江户画和插画用的白描画。不论是照着图画江户画，还是在白描画上涂颜色，都是我的乐事。

逛夜市的时候，偶尔会在二手货店铺遇上旧的绘本，我也缠着母亲买下来。

只要我说要买与画画有关的东西，不论多少钱，母亲都二话不说地买给我。虽说也没想过让我将来从事绘画的工作，不过既然孩子喜欢就给她买吧——母亲大概是这么想的吧。

大概是五六岁的时候吧。正是节日，我去亲戚家玩，在亲戚家附近的绘草纸店里看到非常不错的画。虽然非常

[12] 甲斐虎山（1867—1961），日本画家，大分县人。曾创立京都私立文中园女学校。

[13] 日语中"绘草纸"是指带插画的小册子。

想要，但是却不好意思在亲戚面前讲，只能扭扭捏捏地憋在心里。盯着木版画，我的目光便再也移不开了，心里想要得不得了。

凑巧的是，我在那里碰到了家里的学徒，于是我就在日本纸上画了六枚并排的文久钱⑬，先画上圆形，在圆形正中间画了四方形，最后在圆形和四方形之间画上波浪，代表铜钱上的水波纹，就这样画了六个。我对小学徒说："从家里帮我带这个来。"于是家里人给我送钱过来，我这才把心心念念的画给买了下来。

那时我年纪尚小，还不知道"文久钱"这个词怎么说，就在纸上画出来。之后大人们都对着这张纸笑个不停，母亲说："我们家的小津不会用嘴巴讲的话，倒能用画笔画出来了呢。"

旧时既没有燃气灯也没有电灯，夜市的店铺只能来回点着煤油灯照明。我时不时回想起自己站在店前的灯光下，专注地看演员的肖像画和武士画的样子。那时候心里也没有别的事，只是怀抱着绘画和梦想展望着未来。我十

⑬ 文久钱：旧时日本流通的铜钱。

分怀念那段时光。

当时的吉勘店前,并排放着中村富十郎[15]等演员的肖像画,直到如今,当我回想起时,脑海中还能鲜明地浮现出这些肖像画脸上清晰的线条。

北斋[16]的插画

母亲很喜欢看书,常从河原町四条上的租书店里借旧时的小说来看。我呢,喜欢看书里的插画,所以母女两人经常同看一本书。

马琴[17]的著书很多,我们借过《里见八犬传》《水浒传》《弓张月》等,我最喜欢书中北斋的插画。我能对着同一幅画看一整天,然后临摹。记得那时我才刚刚上小学,还真是个成熟的小大人啊。

书的字很大,还是线装书,插图也鲜明生动,作为绘画范本最好不过。

北斋的画具有很强的动感,即便是小孩子,也能看出

---

[15] 歌舞伎演员名号。此处疑指第五代中村富十郎(1930—2011),平成六年(1995年)成为日本人间国宝,平成八年成为日本艺术院会员,平成二十年被选为文化功劳者。

[16] 葛饰北斋(1760—1849),日本江户时代的浮世绘画家,他的绘画风格对后来的欧洲画坛影响很大,德加、马奈、梵·高、高更等许多印象派绘画大师都临摹过他的作品,代表作《神奈川冲浪里之见富士》《凯风快晴》等。

[17] 泷泽马琴(1767—1848),又称"曲亭马琴"。日本江户时代最出名的畅销小说家,曾随山东京传学习,初写讽刺小说,后转向历史传奇小说,作品情节曲折,结构宏大,并多有惩恶扬善的思想。晚年失明,代表作有《月水奇缘》《南总里见八犬传》《椿说弓张月》。1814年,其著作《南总里见八犬传》的读本小说在日本刊行,据说在《书贾雕工日蹲其门,持成一纸刻一纸,成一篇刻一篇,万册立售,远迩争睹》。

"真是好画呀"。

一般的租书店，大概每隔一周，就会上门更换新的书，但那家租书店却很悠闲地做生意，虽说一次能更换二三十册书，但常常一个月、甚至三个月也不来家里取书。

到了第四个月，总算来了新的书。店主把新书放在我面前，说一句"这本书很有意思哟"，就走了，甚至忘记把之前借的书收回去。真是个悠闲自在的糊涂蛋。

往返书店和借书人家的，是店主的儿子。他沉迷于净琉璃[18]，总是哼着净琉璃的歌，对正经工作不怎么上心。

店主老夫妇二人，比儿子更加悠闲，都是很会自得其乐的好人。

他们总是在店门前发呆似的眺望远处，有时候我去还书，他们会很客气地说，"真是劳烦你了"，一边把彩色印刷画递给我。店里有不少我喜欢的书，尤其是绘本。

明治维新之前，这对老夫妇曾经暗中救助过一位勤皇志士，这位志士后来在东京出人头地了，说："请让我回报恩情，资助您家的儿子上学吧。"于是老夫妇带着儿子去了东京，把一屋子的书卖给了收废品的。后来我听说

[18] 净琉璃，日本独有的木偶戏。

了这事，很惋惜地想：那时候要是能便宜买下那些书就好了。

母亲有事出门去的时候，留下来看家的我觉得很寂寞，就从母亲的梳妆台摸出胭脂，在日本纸上临摹北斋的插画。母亲回来时，一定会带给我两三幅画作为礼物。现在，这些都已经成了遥远的回忆了。

小学时代

我七岁的时候，进入佛光寺的开智小学读书。

因为很喜欢画画，除了上课，我总是趴在石盘上，用石头笔画画，或者用铅笔在笔记本上画，自得其乐。

到了五六年级的时候，学校也设了画画课，我高兴得不得了。

从前，连去学校也成了一件乐事。

那时候教我们的是一位叫中岛真义的老师，常常来我家坐坐，聊聊往事。最近老师去世了，享年八十五岁。

课间时分，我通常不和同学一起玩，而是在运动场的角落，趴在石盘上画画。

我本名叫津弥子，朋友们就过来对我说："小津，你也给我画一张吧!"我很高兴,画了花呀鸟呀人物呀,许多许多。

那些朋友们周末来我家里玩,我正在思考画中人物的发型。于是给这些女孩子们做发型,一边研究,渐渐明白了什么样的人梳什么样的发型最好,这对以后画画有很大的帮助。

我虽然也设计了独创的发型,但是也执着于旧式发型,不管怎样,最后呈现的效果要是很好,心中就不禁感叹:原来如此,真是不错的发型啊。

中岛先生注意到我的画,总是鼓励我"要好好画哟"。他还推荐我的作品参加京都市小学绘画展览会。

我参展的作品是一幅烟草盆[19]的写生,我凭借这幅画得了奖,奖品是一块砚台。

这块砚台一直跟在我身边,现在也是我作画时必不可少的工具。看到这块砚台,我就能深切地感受到中岛先生的厚重恩情。

上小学的时候,我就能独当一面,对女子的和服、腰

---

[19] 烟草盆,又称"盂兰盆",是吸烟仪式中的必备的物件。其中包括:火入(点火盆)、灰吹(金属烟灰筒)、烟草盒、烟管、香箸(火筷子)、托盘等器具。

带、发型都精通得很。因此附近的人常常过来问我关于和服和腰带的事情。

我总是画女性画,"将来要做美人画画家"的兆头,可能在那时就可以看出来了吧。

正因为如此,小学毕业后,我就进了绘画学校。我倒并非说要以画画来出人头地,而就像母亲说的,"如果是真心喜欢,上绘画学校,不也挺好的吗"。在小学的画画课上,我就非常专心致志地学习,到了绘画学校,更加如鱼得水、似鸟归林,别提有多高兴了。

我差点当着母亲的面哭出来,感谢的话对妈妈说了一遍又一遍。

我的画道之路,可以说是从那所绘画学校正式开始的。

定下来要上绘画学校之后,即便当时还是个孩子,不知怎么的,我也感觉到大有可为的前途正在徐徐打开。

一

四条大街以前可没有现在宽敞，电车也还没通，那时候母亲、姐姐和我三个人，在今井八方堂道具店前面经营着一家茶叶铺，如今那里被叫作"万养轩"了。

父亲在我出生前就去世了，自我出生，就是由充满男子气概的母亲一手带大的。因此我从未体尝过父爱的滋味，母亲与其说是"母亲"，不如说是母代父职、兼做母亲把我养大。

自小就非常喜欢画画的我，开始学习绘画，应该是刚好十三岁的时候。

我们家的茶叶铺在我二十岁的时候遭了火灾，什么也没来得及取出来，一家人就被火势赶到了屋外。

那时候不像现在，既没有电也没有瓦斯，各家都只能点煤油灯照明。

某个晚上，我家附近有户人家的煤油灯蹦漏了火星，邻居慌忙抓起身边的手工艺品，想用它灭火。没想到却坏了事……

倏忽之间大火蔓延，虽然是寒夜，我们也因刺眼的火光而睁开了蒙胧的睡眼，在喧嚣中不假思索地奔到屋外，房子的一整面都已经被大火吞噬，火舌照亮了深沉的暗夜。束手无策的群众又惊慌，又嗟叹，喧哗吵闹的声音淹没了整个街区。

我们家被烧毁的门口，就像是不断吐火的炉子口。没想到这火势这么猛烈，本以为能很快就扑灭的。

人们刚跑出来时都没来得及拿什么东西，等回过神来，街坊邻居、消防员、寺町十字路口的店家们，都在身上洒了水，飞奔回着火的家中，抢着把东西运出来。在熊熊火焰和混乱的人群中，能看见好不容易搬出来的长柜❶里面放着衣服，火花不断蹦进去，立马烧了起来，燃起了滚滚黑烟；人们赶忙往上面拼命浇水，衣服和箱子都湿透了。

被水火弄得乌七八糟的道路上，杂乱地散落着破碎的衣物、陶瓷等等各种各样的家什，被往来的人群践踏，沾满了泥土，根本无法再使用了。

那时候在我家对面有一家卖小町红❷的口红店，叫"红平"，在京都这种化妆品竞争激烈的地方生意也很繁盛。那家店有一幅自古相传的小野小町❸的画像。我曾借了这幅画过来，认真地临摹了。

❶ 长柜：存放衣服或日用器具等的带盖长方形箱子，主要为木制，两端有金属件，两人用长棍抬，亦作搬运工具。

❷ 小町红：提取红花中的天然色素做成的口红，以平安时代著名美女小野小町命名。装在小碗里，用刷子蘸取使用。因为红色素浓度太高，把光线中的红光完全吸收了，因此呈现出与红相反的颜色。这种干燥状态下呈现的颜色，日本人称之为『玉虫色』（即像金花虫的翅膀一样，根据光线的不同呈现的或绿或紫的颜色。从外表上，看着很像玉泽青翠的嫩芽色，故称为『玉虫』。）。

❸ 小野小町：日本平安时代初期的女诗人，被列为平安时代初期六歌仙之一，也是日本文化中著名的美女。

发生火灾的时候，第一个想要从火中救出来的，不是家具，不是衣服，第一个在我脑海中闪现的，是那幅小野小町的临摹画。

那是我十九岁的时候。在那之后，我又遇上过火灾。如今所居住的竹屋町间之町附近发生了火灾，那附近有三四家都被烧了。

在夜风中警钟声响，人们慌乱嘈杂的声音令我的心猛地一紧，于是上了二楼远眺，看到火光照亮了黑暗的夜空，火星簌簌地蹦到我家的屋脊和院子里。

火源就像是燃烧着的竹篓子，火势猛烈不可挡。

这个家恐怕也是要烧成灰了。虽然是刚刚才建好不久的家，但在这样的夜风、这样的火势之下，大概是逃不掉被烧毁的命运了。

一旦意识到这个家保不住了，脑袋里马上就想到要赶紧救出些什么东西。对我来说，重要的东西虽然有很多很多，但最珍贵的还是我倾注心血、艰苦完成的缩图帖❹们。我把至今为止所有的缩图帖用包袱巾包好带了出去。

缩图帖——是我拿什么也不换的珍贵宝物。还在幼年

❹ 以缩小的尺寸将名家画作临摹下来的练习帖。

时，我就开始临摹各家的名画，那可真是花费了不得了的心血才画出来的。

幸运的是，那次的火及时被扑灭，我家没有遭到烧毁的厄运。

二

遭遇火灾，家被全烧了之后，我们搬去了一间小房子。那时如云社每个月的十一日举办画家展览会，别的房间还有已故画家的名作展。于是我每个月都期待着十一号的到来，开心地出门去。

每次去看展览，都要临摹名作，完成缩图。我对于画，自信拥有不输给任何人的热情。那时如云社的芳文先生还夸过我："你还真是有热情啊。"

祇园祭❺的屏风、博物馆的陈列作品，我都一个不漏地仔细观看，不论花鸟、人物、山水，我都一个个临摹下来。

应举的《老松屏风图》、元信❻的《严浪障子绘》❼、又岛台有名的又兵卫❽的《美人屏风》，都能从我旧时的临

❺ 祇园祭是日本京都每年一度举行的节庆，被认为是日本其中一个最大规模及最著名的祭典。整个祇园祭长达一个月，在七月十七日则进行大型巡游，京都的二十九个区，每区均会设计一个装饰华丽的花轿参加巡游。

❻ 狩野元信（1476—1559），日本室町时代后期著名画家，代表作《大德寺大仙院客殿袄绘》《妙心寺灵云院旧方丈袄绘》等。

❼ 障子绘，在日本式建筑中室内障子、屏风、屏障上的绘画。

❽ 岩佐又兵卫是日本江户时期的风俗画家，出身武士世家。其将大和绘与水墨画技法相结合，开创风俗画风，作品以历史题材为多。

摹作品集里找到。

祇园祭上有扇子屏风绘,小的缩图和笔墨盒也有展出。我就在一架古屏风前坐定,腿麻了也浑然不觉,只知道一味地画。在博物馆里,我也是从早晨开始就站在作品前面临摹,连午饭也忘记吃。画画的欲望之浓烈,让我完全忘记了肚子还会饿。

刚开始的时候画的并不是很顺利,渐渐画着画着就顺手了,一个人就能很流畅、正确地画出来了。

就算是临摹画面结构复杂的群像,或者一个人的立像,不论从伸出的右手拳头开始画还是从踏出的脚的趾头开始画,我都能画出形状准确、满意的作品来。

三

也曾有过这样的事。

那时候不像现在有这么多的小商店。但是真葛之原的料理店等商店会举办集市活动,这种时候,我都会去参加,主要是为了临摹看中的作品。说起为什么要去集市,一般的客人都应该是去买东西,而我却是为了画画。

看中哪个作品,我就坐在它前面,一步不挪地画。

来逛集市的客人们,没有人说我挡了路。有时候会有坏心眼的二手店店主，在画画的我身边故意大步走来走去，呵斥道："你这样会挡到客人的！没客人的时候再来吧！"

那时候也没有现在这样的带照片的作品目录，如果用定家卿[9]的怀纸，也就只有怀纸加活字印刷出来的简单目录。所以我要是有看中的作品，就只能亲手临摹下来。

我受到店主的呵斥，静静地把手里的画合上，一言不发地走出门外。我记得那大多是在平野屋遇到的事。

出了门外，走不过三两步，不知为什么泪珠就涌出眼眶，扑簌簌地滚落。

被从店里赶出来的第二天，我提着蒸点心又去了，还带着一封信。

我在信中写道：

很抱歉给您添了麻烦，非常对不起。但我是为了研究画作，不知不觉间就忘记了这回事。今后，我会注意不给您造成麻烦，请无论如何让我看看吧！

之后，对方也对我抱有极大的好感，终于肯给我看了。

[9] 藤原定家（1162—1241），镰仓前期歌人，著有《近代秀歌》等歌学著作，晚年校订了《古今和歌集》《源氏物语》，留有日记《明月记》。定家的歌风带有强烈的唯美主义倾向，诗作"余情妖艳幽玄"、色彩浪漫梦幻，老年后也有一些"出世之情"的带有所谓的禅机的诗作，但对比其盛年的诗作，艺术价值略逊一筹。

如今有了写真版的作品集,就不用再经历这些事了,在家里也能看到各种名作。但是我想正是因为有这些困难,我必须通过自己的手亲自将作品临摹下来,从各方面来说,才真正地锻炼了自己。

那时四条的御幸町角,有一家杂货店,卖染料、画具等各式各样的东西,其中就有一种叫"吉观"的染料。那家店常常有东京来的芳年、年方⑩的版刻浮世绘。其实除了这里,京都还有两三间卖版刻浮世绘的店。我总是兴味浓厚地去看。

⑩ 水野年方(1866—1908),日本画家。水野年方所绘美人图,呈现出极其高雅的品味,笔下的女子风姿超群,气质绝俗,有浓浓的书卷气。

绘画学校时代

明治十五年四月,八岁的我进入小学读书。拖着草鞋、用包袱皮裹着石盘和石笔,每天上下学。

当时主要的学习内容是礼节规矩和手工艺。我喜欢画画,总是在石盘上画美人画,大家都来拜托我给他们画。

班主任是中岛真义先生,很受孩子们的信任。听说先生来上课,大家都拍手相庆。某一年先生让我画烟草盆,并推荐这幅画参展祇园有乐馆的展览会,我记得还得了奖,拿到一个砚台作为奖品。我常年使用这个砚台,上面烫金的字都磨到快看不清了。

我十三岁那年从小学毕业,第二年的春天,十四岁的我进入京都府立画学校学习。

那是明治二十一年,大家对女孩子进绘画学校,还是不怎么支持的。叔父也狠狠地责备了母亲一番。但是母亲说:"可那是她喜欢的道路呀。"并没有理会叔父的意见。

如今的京都酒店,就是当时学校的校舍旧址。那周围有很宽阔的空地,一整面都是花田。因此学校前面就有花店,我经常去买写生用的花,或者干脆直接去花田写生。

当时的绘画学校其实很悠闲,大家并不都是抱着"要成为画家"的目的,有相当一些人是为了"找个地方上学"而来的。

"我们家孩子身体不太好啊,就去学画吧。"——也有这样的人。

今天的画家必须具备相当的体力和健康,而当时一般大众则认为,画家是件"花架子"的工作。由于这种想法,当时的绘画学校毕业生后世留名者不多,诞生出充满激情和热血的艺术家、孕育出充满生命力的艺术作品,则更少。

兼任绘画学校校长的,是土手町府立第一女学校校长吉田秀谷先生。学院分为东宗、西宗、南宗、北宗四个画派。叫什么宗什么宗的,简直有点像佛教学校了。

东宗是柔美的四条派,主任老师是望月玉泉先生。

西宗是新兴的西洋画,也就是油画,主任是田村宗立先生。

南宗是文人画,主任是巨势小石先生。

北宗是刚劲有力的四条派,主任是铃木松年先生。全都是一流的大画家。

我入门北宗,跟随铃木松年先生学画。

最初,老师只让我们画一枝山茶、梅花、木莲之类的东西,或递给我们八页折叠、二十五幅一册的宣纸画册,令我们以此为范本来临摹。再把各自的作业交给老师，老师点评过后，再对着老师修改后的作品重新画一遍。二十五幅画全部通过考试后，就能从六级升到五级了。

到了五级，就可以画一些比一枝山茶花更难的作品了。

升到四级，就可以画鸟呀虫呀；之后是山水、树木、岩石等等组合，最后到了一级，就进入人物画的阶段，也就可以毕业了。

然而，我从小时候起就喜欢画人物，一直画人物画的我，自然不会满足于学校的规则。

每周一次的作图时间，我都用来画人物画，聊以此安慰自己这颗爱画人物的心。

报纸上刊登的新闻事件，我也能马上用人物画表现出来。因此我每周都画的人物画就像绘画版的"时事解说"。

一天，松年先生对我说："我知道你本来是想画人物画的，但是也不能违逆学校的规则，你要是真那么想画人物的话，每天放学后就来我家的私塾吧。我可以给你一些参考书，帮你看看画得怎么样。"

我高兴极了,从此以后,一放学就去松年先生位于东洞院锦小路的私塾。在那里我可以尽情地观摩作品、画人物画。

当时整个学校大概只有一百来人,校长吉田秀谷先生却很高兴:"我们绘画学校也算达成了大发展,终于有超过一百名学生了!这对于日本画坛的前途真是值得庆贺的事啊!"哎,无论如何,一百多人都只能算是寥寥吧。

很快学校就发生了改革。

除了绘画,学校还增加了工艺美术部,教人怎么画陶器上的图案。纯正美术派的老师们提出激烈的反对意见:"我们学校没必要培养陶瓷店和工艺品店的工匠!"老师们因此与学校方面起了争执,绘画老师们大半联名辞职了。

松年先生也是反对派,他从学校辞职后,我也跟随先生退学了,之后就在松年先生的私塾学习。

也因此,我不必再画花鸟虫鱼,之后一直在人物画的道路上精进前行。

当时的狩野派、四条派都是以花鸟、山水、动物为主,人物画很少。

应举派的作品里倒是有一些人物画，但是描写女性的又少得可怜。

为了积累参考素材，我尽可能地跑去各种博物馆、神社、寺庙，寻访秘藏画，听到神社、寺庙有风俗卷就带着介绍信毫无戒备地出门，但人物画还是寥寥。

"你想画的东西，京都没什么可以给你参考的，真是可惜啊。"松年先生常常同情地对我说，尽可能地把相关的画帖和参考书借给我。

松年先生自身也是以山水闻名，人物画的作品很少。

当时，京都有一个"如云社"，每月组织京都画坛的联合展览。会场在如今的弥荣俱乐部边上的有乐馆，组织者从寺庙、收藏家手里借来优秀的绘画作品展出。它们给我提供了巨大的帮助，每一次展览我一定会到场临摹。特别是到了祇园祭，京都的人家都像比赛似的陈列出家中秘藏的屏风、绘卷和挂轴，我可不会放过这样的机会，带着写生帖小跑着穿过打扮华美的行人中间，一家接一家地去画写生。

当时在私塾学生中间，"松园的写生帖"就出名了。

我一听说美术俱乐部有集市，就赶忙带着纸和笔墨盒跑去，拜托店主让我临摹。集市上有很多来观看投标竞拍的客人，我一边画，一边小心不让自己挡了别人的路。

想起那时候的窘迫，就觉得如今的人真是幸福啊。不论是文展还是院展都有很多的人物画，不用为缺少参考作品而发愁；我那个时候如果不那么东奔西跑，就看不到可供参考的人物画。

克服这么多困难，建立起人物画派，我当时的修行可不是一般人都能做到的。

现代人可以自由地获得参考画，不可谓不幸福；但同时，也很容易让人觉得不用辛苦修行，就能轻松地成为画家——对于这种想法，必须要充分警戒啊。

回忆——回顾为画之道的五十年

土田麦倦[1]先生尚在世时，经常笑我的笔触。

当然，从我执笔作画开始，到今天刚好整五十年了。今年我已经六十七岁了，这五十年来，我是一直与画并肩前行、互相战斗着过来的。

明治二十年，我十三岁，小学毕业。我央求母亲，说无论如何都想学画画。那时为了振兴京都画坛，建了所绘画学校，我就进入那里学习。在河原町御池、如今京都酒店所在的地方是校舍，校长是吉田秀谷先生，当时也兼任土手町的府立女学校的校长。学生共计百余人，学院分东西南北四宗，东宗由柔和四条派的望月玉泉先生领导，西宗是主导西洋画的田村宗立先生，南宗是巨势小石先生，北宗的主任是充满力量感的四条派画家铃木松年先生。我师从北宗的松年先生。除了我之外，每宗各有两名女学生，但大多渐渐地从课堂上消失了，只有前田玉英女士留了下来。之后听闻玉英女士做了女学校的绘画老师。

可以窥见，当时作为女性，要在绘画的世界安身立命是多么困难啊。

说起这个，有一件我经常回想起来的事。当时建仁寺

---

[1] 土田麦倦，日本画家，1904年入竹内栖凤门下学习绘画。

的两足院有一位精通易经的大师，名字我已经记不起来了。我姐姐说亲的时候，虽然母亲不相信算命方术，但拗不过亲戚们的唠叨，就带我们去大师那里，给姐姐的亲事算一卦。大师顺便也问了我的四柱（出生的年、月、日、时辰），一算，说："真是不得了的四柱啊，这孩子会出人头地的。"那是我七八岁的时候，记忆不是很鲜明了。母亲倒是常笑着对我说起这件事，令我如今时不时也会想起这事。母亲舍弃了自己的幸福，一心支持我学习绘画，可能也是受了这位易经大师之言的影响吧。

说远了。就像之前说的，我在绘画学校待了一年，学校发生改革，松年先生退出了教学。之后，我就只在松年先生的私塾里学习了。"松园"这个名号，也是当时先生赐予我的。

我那时喜欢人物画，因此，对山水、花鸟都有些疏忽怠惰。松年先生常常同情地对我说："你想画的东西，在京都可没有能让你参考的，真是可惜啊。"但是，就算没有可直接学习的前辈，没有可供参考的作品，我对画人物画的喜爱却到了不可抑制的地步。为了收集人物画的参考对象，不论是各家的投标，还是祇园的屏风祭，我都充满热情地奔走其中，从过去的古画中找到素材，然后全情投入地临摹下来。想起来，我的母亲也喜欢绘画，大概是她的这份血脉传给我了吧。我还是小孩子的时候，常常缠着母亲，要她买小画书。不过就算我不撒娇纠缠，母亲也经常自己主动买了送给我。当时四条大街的夜市上还有一家旧书店，在那里经常能发现可做绘画范本的书，母亲也买来送给我。时有宁静的雨夜，我和姐姐回到家，看到母亲一个人趴在桌子上，专心致志地临摹书上的图画。

母亲的父亲，也就是我的祖父，好像也是个喜欢美术的人。祖父在我六岁时去世，在此之前经常去长崎之类的地方做生意。还是小孩子的我，记得祖父常常买盘子呀壶呀之类的美术品回来。

因为启蒙老师野村先生是儒学家的缘故，我一边学习绘画，一边被汉学所吸引。二十岁的时候，我得到松年先生的许可，在幸野梅岭❷先生的私塾学习。后又经幸野梅岭先生的介绍，在市村水香先生的汉学塾学习，听先生讲解《左传》《十八史略》等。我最喜欢的是《左传》，当时都路华香❸、泽田抚松等人都是同窗。后来先生去世，我就在长尾雨山❹先生处学习汉学。在我画唐代美

---

❷ 幸野梅岭（1844—1895），日本明治时期的著名画家和美术教育家，他在日本京都画派起了奠建基础的作用，他的四个学生竹内栖凤、都路华香、谷口香峤、菊池芳文皆成为后来的画坛巨匠，被并称为"梅岭四天王"。

❸ 都路华香（1870—1931），西京四大家之一，代表作《四睡图》；泽田抚松，日本近代著名画家。

❹ 长尾雨山（1864—1942），曾任东京美术学院教授，诗、书、画皆非常出色。

人时，所学的汉学知识起了很大帮助。汉学不仅仅在我的绘画上起了作用，在我个人的精神修养上，也给了我潜移默化的巨大力量。回想市村先生讲解《左传》的日子，真是非常快乐的时光啊。

松年先生的画风古朴，笔力雄浑；梅岭先生的画风柔媚，浓烈华丽。夹在二者之间的我几乎要失去自己的风格了，苦恼至极。除此之外，我还要学习汉学，那时候真是浴血奋战。可惜我与梅岭先生的师生缘分浅薄，在我入门的两年后，明治二十八年，先生去世了。

之后我就跟随栖凤先生学画。我十六岁的时候，松年先生鼓励我参加第三回内国劝业博览会，于是我的画《四季美人图》参展了，没想到居然得了一等奖。而且当时英国的康诺特亲王殿下正好访日，看到我的画买了下来，真是无上的光荣。自那以后，我参加了一个又一个的展览会，但从没觉得"这样就已经足够了"。荣誉在获得的那一刻就成为过去，而艺术精进的道路永无止境，我始终想，一定要画出更好的作品来。当时受到不少的褒奖，因为《四季美人图》的获奖，我得到了十二日元的奖金，这在当时可是一笔不小的钱了，但我也没到高兴得飞起来的地步。只是在明治三十六年，我画出了《姐妹三人》的时候，才真正感到了无比的喜悦。

我画画时不用模特，而是在自己周围支起三面镜子，如果是画少女就穿上少女的衣服，自己摆出各种姿势来画，有时不得已还要用左手来画，真是费了一番苦心。因为是自己画自己，所以不用顾虑任何别人的感受，可以画到自己完全理解的地步。《姐妹三人》正是这样画出来的，作品完成的时候，那份喜悦的心情是几十年执笔为画岁月的馈赠啊。

我最初来东京的时候，大概是三十二三岁，为了瞻仰镝木清方❺先生在平和博览会上画的《出嫁之日》而第一次来东京。最近，偶尔在寂静的夜晚，我会突然想到自己刚来东京时的心境。如今自己的心境，与那时候相比，竟一点也没有改变。

（昭和十六年）

❺ 镝木清方（1878—1972），日本近代画家，擅长美女画、人物画、社会风情画，画风清雅，情调丰富。与上村松园、伊东深水等人齐名。并致力于对明治、大正庶民风俗的考证，写有许多随笔。他所描绘的浮世绘形象，尤其是妇女形象，既未脱却江户风俗的艺术情趣，又极富时代新意，画面更显工致秀丽，纤细抒情，深受群众喜爱。

继承了父亲创办的茶叶屋生意的母亲承担起整个家庭的生计，也有很多亲戚劝说她为自己打算。但是她回绝说，既然继承了亡夫的生意，就咬定青山不放松地要与我和姐姐母女三人一起，毅然决然地坚持下去。

母亲非常喜欢读书，常常从租书店借书回来，我自然而然地也跟着读起来。

家里摆放的线装书都堆成小山了，我就在其间游戏。

在四条大街的夜市上只要看见有卖二手绘本的，我就拉住母亲的手央求她打开钱包来买。我小时候很喜欢给人扎头发，把附近的孩子们叫过来，给他们扎烟草盆髻、后梳髻、颤巍巍的雀髻，等等，也就是以孩子们为模特来研究发型。

我开始学画的时代，社会上一般认为女孩子学画是件不可思议的事。十四岁的时候，尽管得不到亲戚们的理解，母亲还是让我进入绘画学校学习。

在京都画美人画的，大概我是第一个吧。但是在到达今天的路上，我也经历了种种苦难。我的作品在展览会上获奖，私塾的同学们嫉妒我，曾经把我的颜料、调色盘和最重要的缩图本给藏起来。

明治三十七年，我的《游女龟游图》在京都的展览会上展出。某一天，在会场上，不知道是谁用铅笔之类的东西把龟游的脸涂得乱七八糟。

像这样的委屈、可悲的事已经不知道发生过多少次。但不论有多少次，我都将难关一个一个突破，如今所经历的一切都已经融为一体，全部被艺术所净化。只要手一拿起画笔，心中就一粒尘埃也飞不进，完全地进入绘画三昧的境界。

人活一世，实际上就像乘一叶扁舟羁旅，航程中有风也有雨。在突破一个又一个难关的过程中，人渐渐拥有了强盛的生命力。他人是倚仗不得的。能拯救自己的，果然只有自己。做人不出色，其创造的艺术也无法出色。因为艺术是由创造者的人格所限定的。笔上所描画的是自己的心，即便总是注意着在人前装模作样，如果内心没有表里如一的真诚，是不行的。不断地反省自己是极其重要的，人类正是因此才会进步。

（昭和十五年）

临摹画的练习本

这已经是很久以前的事了：街里发生了火灾，火舌燃烧着噼里啪啦地扑过来，好像无论如何都没办法救火了。火势太过猛烈，已经没有时间去拿家具财物，我一边想着要以人身安全为重赶紧跑出去，一边想有没有能够手提着带出去的东西时，环视四周，猛然间想到最重要的东西，于是赶忙用包袱巾包起来——那是长年积累下来的写生临摹画的练习本。

还好最后没有酿成大灾，其实不用逃去避难也没关系。不过，在这样的危急关头，刹那间浮现在我脑海中的是临摹和写生的练习本，这说明它们在我心中占有极高的地位。那些是我自己把许多页纸装订起来制作的练习本，形状谈不上规整，厚薄大小也参差不齐，但那是数十年间积累下来的，已经有差不多两三尺厚了。

看到以前画的临摹画，就想起来很多事情。拥挤在长廊上的殿上人❶吹奏管弦的样子，贯之❷的草假名，竹杖

---

❶ 通常情况下，只有五位以上的官吏才能到天皇的日常居所清凉殿值班、服侍，称为"升殿"，也叫作"殿上人"。

❷ 纪贯之（872—945），日本平安时代初期的随笔作家与和歌圣手，代表作《土佐日记》。

会❸的旧时写生会的速写，还有专心吃奶的松篁❹的婴儿脸蛋，这些毫无头绪的回忆就这样浮上心头。

幼年的松篁，脸蛋儿圆圆的。随着年月渐渐长大，变成了这副长脸。但是眉毛、眼睛还能看出小时候的样子。

回忆里还有四郎（栖凤先生的儿子）小时候的模样。我刚刚拜入栖凤先生门下的时候，和现在不同，先在竹杖会的练习场学习。在那里，八田高容先生、井口华秋❺先生等，孕育出了不少大作。四郎常常过来玩。我用等待的空闲给他画了这幅一寸的速写。

留着的写生里，还有童星时代的扇雀❻。还有一幅是去南座❼时画的写生，正好是扇雀演《千代荻》❽中的"千松"一角的时候。当时所着衣物、衣服上的花纹都画下来了。有一次遇见扇雀，就和他说了有这回事。他说自己都忘了当时穿的什么了，幸好我画下来，才想起当时的样子。

❸ 竹杖会，京都画坛首领竹内栖凤主宰的画塾。

❹ 上村松篁（1902—2000）。上村松园未婚生下的儿子，后来成为画家，擅长描绘动物和花草，代表作《白孔雀》《鸟瞰春风》《池》画风纯净优雅。他同母亲一样获得文化勋章。

❺ 八田高容、井口华秋，日本画家，曾师从竹内栖凤。

❻ 中村扇雀，日本歌舞伎演员的名号。

❼ 京都南座，京都最古老的剧院，建于十七世纪初，建筑风格仿中国唐朝都城长安，至今仍然在此举行日本古老的歌舞伎表演。

❽ 歌舞伎《伽罗先代荻》，取材自武士伊达家的权力内争。乳母政冈为了保护少主鹤千代，被迫牺牲爱子千松，最终亲手杀了仇人八汐复仇。

和如今不同,我年轻时女性的绘画修行道路上,伴随着很多的辛苦和磨难。别人的眼光、同行的打击,我不知遇到过多少次眼泪夺眶而出的遭遇。像那样的时候,如今想起来,除了自己一个人咬紧牙关默默努力,自己鞭策着自己前进,没有别的路。像这样,我在博物馆中学习,有时候去展卖会,把自己觉得不错的东西临摹下来。这些临摹的作品就累积成了练习本。有些装订精美、价格昂贵的参考资料虽然翻看过一两遍,但是却不怎么在脑海中留下印象。而我的练习本中,却蕴含着曾经的泪水、感动和兴奋,是无论如何也忘不了的参考材料。

展卖会

当时的所谓展卖会可不像现在这样繁盛,不过是偶尔在祇园的栂尾⁹小规模地举办。因此这些展会对我而言就是珍贵的练习场。我带着笔盒,往画前面一坐,就开始临摹。虽然时不时也有从早坐到晚地画、午饭也顾不上吃的时候,但年轻时的身体充满热情,也撑得过去。

⁹ 栂尾,京都地名。

因为是展卖会,也不是说不能歇歇,但如果站起来吃口饭歇歇,就有可能失去临摹的最佳位置,所以就一直坐在原地。当时可不像今天,户外写生的人很少见,人们看到我都议论说那是打哪儿来的野丫头。在我谁也不认识、谁也不认识我的时候,店里的小伙计和学徒看到我都说"啊,那家伙又来了",或者故意用能让我听到的口气说一些难听的话。这样的事也发生过。

博物馆

博物馆对我来说是无与伦比的练习场。

一年之计在于元旦——因为有这种说法,所以我决定"今年要从元旦开始努力",充满着这样感激的心情,庆祝完除夕后,一大早就去了博物馆。最近,正月的五天里博物馆也闭馆了,我学画时的博物馆还不休息,常常展览着许多当年的生肖干支画。我至今也不能忘记的是,某一年的元旦,我精神饱满地起床,发现室外一夜之间银装素裹,真是吃了一惊。一边觉得不可思议,一边蹒跚着在厚厚的雪中挪去博物馆。

不知从什么时候起,我只画女性画了,而在我最初习画的时候，不用说，是什么都画的。本来我就很喜欢自然和人物画，虽然其中画得最多的是女性画，但花鸟、山水等中意的好作品我都会临摹。现在拿出当时的练习本来看，有吴道子的人物画、雪舟的观音像、文正的鸣鹤、元信的山水、应举的花鸟、狙仙的猿猴……恐怕凡是博物馆里陈列的寺庙珍藏之作，我全部都临摹了一遍。

我记得有一次我临摹了一副六曲屏风，上面是应举画的积雪老松。我从上渐渐往下画，美浓纸装订成的练习本容不下这幅画的尺寸了。要是还有两寸的余地，我就能完成了，真是可惜啊。这么想着，就此停笔，却觉得非常挂念，于是当晚回家后在纸下面又接上一段，第二天又去接着写生了。

屏风祭

像京都这样有这么多节日和祭典的地方，全国也没有多少吧。

每一个祭典都绚烂多姿，天下闻名。有时代祭⑩、染

⑩ 时代祭是在1895年（明治二十八年）。为了纪念桓武天皇平安迁都一千一百年，而模仿延历到明治这一千余年的风俗，开始举行的行列仪式。此祭祀以鼓笛伴奏的维新勤王的队伍为先头，约两千人行程达两公里的队伍，依次展现溯源至延历时代的时代风采。

织祭、祇园祭等具有代表性的祭典,其中祇园祭又名屏风祭——对于我来说,这个屏风祭是最令人高兴的节日。

举办祇园祭,以四条大道的祇园地界为限,家家户户把秘藏的屏风拿出来展示在外面玄关的房间,让路过的人们前来观赏。我四处转悠去看屏风,只要看到画面漂亮的屏风,就说着"不好意思,请让我拜见一下贵府的屏风",登上玄关,一屁股在屏风前坐下来,展开临摹本开始画。

永德⑪、宗达、雪舟⑫、芦雪⑬、元信⑭,还有大雅堂、应举等等……总之都是国宝级的作品,要临摹这样一幅画至少要两天时间,而每年一次的祇园祭只有两天,因此多数时候,我每年只能临摹一幅屏风图。

⑪ 狩野永德(1543—1590),日本画家。名州信,通称源四郎。传世作品还有《唐狮子屏风》《桧图屏风》《洛中洛外图屏风》等,后世评价他"携着五彩画笔出身"。

⑫ 雪舟(1420—1506),日本画家。名等杨,又称雪舟等杨。生于备中赤浜(今冈山县总社市)。据日本龙岗真圭对雪舟名号的解释,"雪舟"二字源自元代晚期中国常州天宁寺宁波象山籍高僧楚石梵琦的书迹。汉诗中有"孤舟钓雪""溪雪乘舟"之禅意,更含"雪净无尘,舟动不止"的禅学意境。曾入相国寺为僧,可能随同寺的山水画家周文学过画。作品广泛吸收中国宋元及唐代绘画风范。

⑬ 长泽芦雪(1754—1799),日本江户时代的艺术家之一。他将西方现实主义融于其作品之中,凭此而闻名一时。二十岁以圆山应举为师,并初露头角。毫下笔墨简练,构图大胆,题材写实,是应举门下的俊才之一。曾先后为南纪的无量寺、草堂寺、岛根的西光寺、丰桥的正宗寺等画过多幅壁画。主要作品有《虎图》《岩上猿图》《宫岛八景图》《山姥之图》《严岛神社》等,为日本重要文化财产。

⑭ 狩野元信(1476—1559),日本室町后期著名画家。代表作《大德寺大仙院客殿袄绘》《妙心寺灵云院旧方丈袄绘》等。

每年屏风祭到来之时，我都闲庭信步地出去转悠，花了很长的时间一幅一幅地临摹别人家秘藏的屏风画，收藏到自己的药匣子里。

如果是绘物语式的大屏风，就要经历三年的祇园祭，才能临摹完一幅作品。

在别人家临摹画时，经常受人家招待午饭和晚饭，因为实在不想把临摹的工作拖延到来年，虽然自觉厚脸皮，还是欣然接受了款待。有时候还在屏风前坐到深夜。屏风祭开始后，如果没有我在屏风前临摹的背影，还有点寂寞呢……当时我就是作为屏风祭的"名物"被看待的。

永德以永德的方式、大雅堂以大雅堂的方式、宗达以宗达的方式，各自以严谨出色的态度对待自己的绘画。这对于一幅一幅临摹他们作品的我来说，是一份格外的鞭挞，也是我学习的精神指引、精神食粮。我在屏风祭来临时，不论临摹工作有无进展，只要端坐在屏风图前，就觉得幸福极了——这份心情，至今也不能忘记。

祭之夜

祇园祭的夜晚，中京地区的大店铺都装饰着屏风，我在街上一边漫步一边写生，真是相当好的学习方式。我经常在同一幅画前面坐上半天，临摹写生。福田浅次郎宅邸的由大石内藏助[15]和阿轻[16]的画、丸平人偶店萧白[17]所作的美人图、鸠居堂[18]也有萧白画的美人图。山田长左卫门先生和吉田嘉三郎[19]先生都画过两枚折的《美人观樱图》，我记得自己有临摹过嘉三郎先生的画。之前，长左卫门先生的画在展卖会上展出，久不曾见到先生的画了，我便也出门去看，总觉得虽然是同样的画同样的色彩，笔触的感觉却不相同。一个缜密严谨一个纵情恣肆，因此整幅画的感觉就不一样。说起来，我觉得纵情恣肆的画有可能是临摹严谨工整的画而来的。

写生

我的练习本中既有临摹也有写生。这本来就不是为了给别人看的，只是为了让自己记得、作绘画练习用的，所

---

[15] 元禄十四年(1701年)赤穗义士事件是日本历史上一个很有名的事件，被多次改编为影视剧作品。当时有个万人唾骂的恶人吉良，他逼死了小诸侯浅野。后来，原在浅野手下的浪士，在总管由良之助的率领下，杀死了吉良，为主人报了仇。复仇成功的义士们，最后集体剖腹自杀。

[16] 二条寺町的二文字屋次郎左卫门家的女儿。

[17] 曾我萧白 (1730—1781)，日本江户时代一位特异且叛逆的日本画家。他钟爱中国佛像和道教肖像题材。其肖像画最大的特色是强有力的动作和怪诞的表情。现存于东京国家博物馆的《斩山长卷》和《寒山拾得图》两幅最著名。

[18] 鸠居堂，日本有名的文具老店，创业于1663年，现在的店址位于东京银座五丁目。

[19] 吉田嘉三郎，日本知名西洋画画家。

以同一张画上画了很多不搭界的东西。边文进[20]的花鸟边上是两三岁的松篁的素描，仇英[21]的山水边上是骑在马背上的桥本关雪[22]先生。

我记得关雪先生的这个身影留于明治三十六年左右，在栖凤先生的罗马古城屏风完成的那一年，西山先生、五云先生和画塾的人一起去上加茂地区写生。大家画了村妇、田里的牛，正想着这回要画马了，桥本先生就说"既然如此就让我骑马给你们看看"，熟练地骑上了马背，我把此情景画了下来。

像这样一张张翻看下去，映入眼帘的有栖凤先生的元禄美人、桥本菱华的竹林鸟图、春举先生的瀑布山水、五云先生的猫，等等。过去我就是这样把所有中意的作品都画了下来。

不管怎样，这都是从四十年前起慢慢临摹、写生积累下来的，今天偶尔翻开看看作为参考，就放在了画室里随手就能拿到的地方。所以，如果突然发生了火灾，我第一时间想到的就是这些练习本，会赶紧用包袱巾包起来，保护他们周全。

[20] 边文进（约1356—1428），字景昭，为明初重要的宫廷花鸟画家。他继承南宋"院体"工笔重彩的传统。其作品工整清丽，笔法细谨，高雅华贵。

[21] 仇英（约1498—1552），字实父，号十洲，中国明代绘画大师，吴门四家之一。尤其擅画人物、尤长仕女。既工设色，又善水墨、白描，能运用多种笔法表现不同对象，或圆转流美，或劲丽艳爽。偶作花鸟，亦明丽有致。与沈周、文徵明、唐寅并称为"明四家"。

[22] 桥本关雪（1883—1945），日本著名画家。大正、昭和年间关西画坛的泰斗。日本关东画派领袖。自1914年起，曾三十多次来到中国，并精通中国古文化。与吴昌硕、王一亭等结为至交。代表作《玄猿》。

南画展览

南画兴盛之时，每年都会有人借大寺院的地方，举办南画的大展览，展出非常多的作品。

要举办这么大的展览，自然是很花钱的。要问经费从哪里出，其实都是从各位画家手里募捐来的。我虽然不属于南画派，但也一定会为画展画一幅尺八㉓之类——也就是捐赠画。虽说一次也没有展出过。今天再从书箱里取出当时所作的捐赠画，不禁想起当年生活的场景。画这些捐赠画的时候，我相当开心，像画工笔一样用心细致地画。

唉，还不止那些呢。在之前的美术院时代，东京的绘画协会每年举办展览会，虽然作为京都的画家，我与此没有什么关系，还是为了募集经费而画了捐赠画。现在看来可能是挺奇怪的，但那时候可不会这么觉得。

现在呐，什么事情都变得复杂了，要像从前那样快乐地画捐赠画，是不可能的了。现在想来，以前的那种心情，还真是令人怀念啊。

㉓ 宽一尺八寸的书画。

貳

我所生活的世界

私が生きている世界

四条大街附近

住在四条的时候,我还只有十几岁,还没开始正式学画。当时最流行的是南画、文人画❶,比四条派、狩野派❷还流行。

我在十二三岁的时候,就听说文人画很流行了。

在红平前面住的时候,麸屋町锦下附近,有一家旅馆。田能村直入❸把那里当成家一样住下来,专心画画。他在那住了相当长一段时间,后来还成立了南画学校。

之后,他去过黄檗山、也去过若王子,我们在车屋町住的时候,他则在八百三❹住过相当长的一段时间。

黄檗山据说非常凉爽,居住的寺院有很大的厅堂,通风良好,他特别喜欢这一点。但是,竹林里有很多蚊子,白天也只能躲在蚊帐里面画画。

毕竟那附近被竹林草丛包围着,蚊子多也是不得已的。不过,要是像城里一样安逸,他也就不会去了。

在那之后,他又去了八百三,所投宿的房子正好是很有古风的木格子构造建筑。房子的西边,是一间漂亮的洗

---

❶ 泛指中国封建社会中文人、士大夫的绘画,别于民间和宫廷画院的绘画。始于唐代王维,多取材于山水、花木,以抒发个人『性灵』,寓有避世之意和对民族压迫或腐朽政治的愤懑。

❷ 日本绘画中圆山派和四条派的合称。活跃于十八至十九世纪,是对近代日本画产生深刻影响的画派。圆山派是由圆山应举开创的写实画派。四条派吸取了狩野派的用线、沉铨派的没骨法、西洋画的阴影、空间、大和绘的装饰性,甚至文人画的主观性等,并将诸因素调和在一起,认真地观察对象,发现其自身的美和自身的艺术语言,理想化地加以表现。

❸ 田能村直入(1814—1907),明治时期著名的绘画大师。

❹ 黄檗山、若王子、八百三,均为日本地名。

澡房。弟子们经常簇拥着一起去洗澡,把老师的身体浸泡在澡池里使劲搓揉,给老师按摩。田能村先生满面红光的模样,我至今还鲜明地记得。

关于写生帖的回忆

不知从什么时候开始画的写生练习，如今已经积累了数百册。翻开一本练习册，杂乱无章、不分前后地画着写生、临摹。每当展开这些练习册，重逢散落在记忆深处的写生、临摹，那些忘却的记忆再度涌现，褪色的记忆也变得鲜明。对我来说，旧的练习册就是充满怀旧记忆的绘画日记。

在我的绘画日记中，年代最久远的是我十三岁时的画。虽然尽是些拙劣到惨不忍睹的笔迹，却渗透出开始学画时的年幼记忆，令人留恋。我稚嫩的笔下，写生和临摹并列，只要看到画里有出色的线条，那就是松年先生的画。画旁边还有先生笔迹的注解，比如"去效仿《日出新闻》上插画的笔法"之类的句子。

松年先生经常让我磨墨。先生说，男生研墨太粗心，磨不出好墨，女生磨的就很细腻，因此常常让我研墨。先生的大桌子上放着煤油灯，旁边的书架上有很多卷起来的画，都是先生之前画到一半的。先生会一幅一幅地在上面接着画。有时候，先生把左手揣进怀里，右手"唰唰"地运笔如飞。画到一定程度了，就"咕噜咕噜"地卷起来抛到一边，接着开始画下一幅。每个晚上都是这样。

先生这样画出来的画，经常成为我们的临摹范本。私塾每个月的十五日召开研究会，春四月和秋十月的研究会特别隆重。会场在圆山的牡丹畑，这时我们的研究会总会与百年先生的研究会合并，私塾的前辈们均列席。大多数时候果然还是铃木派的人们健谈，简直像开演说会。以斋藤松洲、天野松云之类的出色画家为首，畅谈美术的将来、艺术不应该失去依靠等话题。

可以称得上自画像的画，可能就只有我十六岁时画的了，令我想起一边观察镜中的自己，一边作画的情景。洗完头发的样子、莞尔一笑的样子等三幅，都画在一处了。

当时的衣着都很朴素。我还留着十三四岁时的衣服，就算到了如今这个年纪我还时不时拿出来穿，也并不觉得有什么可笑的。过去流行的衣着就朴素到了这个地步❶。发型倒是像蝴蝶一般可爱，但刘海剪得很短，衣领上衬着黑缎。当时的小镇姑娘一般就是这样的装束。衣服虽然很朴素，但腰带却用红色水玉花纹的友禅或鹿子花纹的麻料，雍容华贵。

稍微赶时髦的姑娘会把头发扎起来。前面的头发按江户子❷的发型样式分开，后面编成三股辫，用圆圆的发网

❶ 这里的意思是，到作者现在这个年龄，再穿过去的十三四岁少女的衣服，仍旧不显得突兀，说明过去的少女服饰相当朴素，让老年人穿也不会显得花哨。

❷ 江户子，指生在江户（东京）长在江户的人。

兜起来。也有人穿着彩色毛线编织的衬衫。

最普通的发型是像蝴蝶髻，再年轻一些的人会将刘海垂下来。年纪更小的喜欢福髻，七八岁到十一二岁的少女们梳着稚子髻。

松年先生的私塾里有几位女弟子，我与其中一位叫中井梅园的女生最亲密。香峤先生的私塾里有一位二见文耕小姐，后来改叫小坡，再后来改姓伊藤。我就与这位小坡小姐、六人部晖峰小姐，还有景年先生的私塾里的小栗何等六个年龄不分上下的女生，每月会组织一次近郊写生旅行。

当时不比今日，自行车还不常见，电车当然也没有。我们各自准备好自己的便当，绑上草鞋，清晨四点开始集合，前往鞍马或者宇治田原❸。翻开当时的写生练习本，上面仔细地画着宇治田原附近的农家、溪流，还有正在编织的梅园小姐的少女之姿。

栖凤先生从西洋回国之后，过了两三年，在大阪召开了博览会。当时先生展出了罗马古城遗迹的风景画。我记

❸ 鞍马、宇治田原，以及下文的贵船，均为京都地名。

得那一年前后,栖凤先生的私塾很盛行近郊写生旅行。

栖凤先生穿着洋装同行,但写生以内畑晓园、八田青翠、千种草云等人为中心,后来我也常常跟着去。去过鞍马,去过贵船,记得大家在画农家马和女商贩的时候,当时刚入私塾的桥本关雪说,就让我骑马来给你们看吧!于是就利索地骑上了一匹农家的马,一边炫耀地说"怎么样?有美男子气概吧",一边骑着四处转。这幅情景被我画在了练习册上,果然关雪先生从那时候起就是张国字脸啊。

当时的绘画学生的习惯是一半时间学习写生,一半时间学习临摹,其间如果有要展出的作品,就把自己创作的画拿给先生品鉴。所以我的练习本里,临摹和写生都乱七八糟地画在一起。我经常去博物馆画画,有中国画的山水,也有应举的花鸟,绝不是只画人物画。明治三十年召开全国绘画共进会,小堀鞆音先生展出了《樱町中纳言答歌图》。四尺高的画面上,站立着三尺高的中纳言,脚边坐着公主殿下。我的练习册里分两部分临摹了这幅作品,一部分是整体图,一部分是人物的局部图。练习册里还有年幼的松篁摇摇晃晃四处走的样子、喝牛奶的样子、坐在婴儿车里的样子……许许多多。还有好几幅阿园(栖凤先生的千金)七八岁时的写生,大头大脑像河童❹一样。

我的练习本里,蕴含着我全部绘画生涯的回忆。

(昭和七年)

❹ 河童,日本传说中的妖怪,头顶圆盘,长得像四五岁的儿童。

画砂的老人

在我还只有八九岁的时候，京都的街上有很多小商贩，也有从外地来的乞丐，其中有个五十多岁的老爷爷，脏兮兮的，穿着怪模怪样的白棉破裤子，脸上沟壑纵横，须发半白，挨家挨户地敲门。

他并不是要卖东西，而是放下腰间的砂袋，里面装着白黑黄蓝红等五颜六色的砂。

老人站在门前，生气地驱赶着因为好奇而围观的我们，说："那个，小毛孩，往一边去、一边去……"

然后，他从砂袋里抓出五彩的砂子握在手里。霎时间，砂流从掌心中如泉般喷涌出来，被老人撒在门前的石板上。

落在石板上的砂子形成了各种各样的颜色和形状，美丽炫目，真是太奇妙了。这个可怜老头的脏兮兮的右手就像造物主一样，从中接二连三地蹦出一个又一个生命。

我们这群小毛孩在这等奇景前看呆了，愣愣地站着。

用砂画出来的花朵色彩鲜艳夺目。黑色的书法字体也不是外行人能写出来的——人们评论道。

"画砂的老爷爷"成了孩子们期盼已久的娱乐。

于是，大人们觉得有义务施舍给老人一两文钱。老人并非行乞，这是"画砂老人"理所当然的报酬。

不论是画花朵、天狗、富士山，还是画马和狗，老人使用的五彩砂彼此之间丝毫不会混合，井井有条、有条不紊地从老人的右手中洒落。简直如同砂子在手中就已经具备了形状，老人画起来自然而然，轻轻松松。

别人不管怎么练习，都不可能达到那个程度。这就是天赋异禀。或许是那个贫穷的老爷爷一个人才能到达的至妙至极的艺术世界吧。

老人在大地上作画，画完即离去，所以作品不能保留下来。有那么出色的技艺，如果作品能够以画的形式出现在世间，现在那个老人恐怕已经是有名的画家了吧。

但是，我又想，正是因为那个"画砂老人"的砂画是昙花一现的境界，无法流传后世，老人崇高美丽的精神才会留在人们心中。

那位老人就像拥有"专卖特许权"一般，他或许就是这世间唯一的"砂画老人"吧。

之后，我再也没有见过那般不可思议的砂画。

米豆上的世界

大概是十七八年前吧,一天,我家的玄关门前,出现了一个男人,说:"这是一粒米。"说着,伸出纸片,上面真的有一粒米。

正好,我和母亲都在玄关,心想这男人真是奇怪啊,于是注视着米粒和那男人的脸。

"虽说这的确是米粒,但米粒和米粒是不一样的——"说着,他把米粒摆到我的眼前,"这粒米上面,写着伊吕波❶四十八假名。"

我看着那脏到发黑的米粒,别说四十八个假名了,连其中的一个都看不出来。

"欸?这上面写着伊吕波假名……"

我和母亲都很吃惊。于是那男人说道:"用肉眼当然看不出来,用这个放大镜瞧一瞧吧。"

说着,从怀里掏出一个放大镜。

我和母亲用这个放大镜,观察着放大后的米粒。

原来是真的——确如那男人所言,米粒上刻着细小的假名文字。

"真了不起啊。"

---

❶ 日本平假名的总称,来自平安时代的《伊吕波歌》。

"是怎么写上去的呢？"

我和母亲感叹道，争相问道。

"我的父亲眼力很好，连一町❷开外的豆粒都能看得清清楚楚。这样的米粒，在父亲眼力就像西瓜一样大，在上面刻上四十八假名简直易如反掌。"

"真是了不起啊。"

"真有人有这么厉害的眼力啊。"

于是，我和母亲再次赞叹道。

接着，那男人又拿出一颗白豆。

"这上面雕刻着七福神❸哟。"

于是我们又透过放大镜看。果不其然，弁财天、大黑天、福禄寿……七位神仙各自的表情都很生动，应该大笑的神哈哈大笑，严肃的神则摆出一副正经威严的脸，七个神仙栩栩如生。

"这真是精彩呀。"

"比四十八假名还厉害呀。"

我和母亲异口同声地感叹道。连身为画家的我，也对七福神各自呈现出的表情感到佩服。

❷ 日本长度单位，一町约一百〇九米。

❸ 七福神（大黑天、惠比寿、毗沙门天、弁财天、福禄寿、寿老人、布袋）是日本民间故事中带来好运的七位神，相当于中国的"八仙"。

"父亲以画这样的东西为乐呢。"那男人说。

"这可是难得一见的珍宝,你去把大家都叫来看一看吧。"我听了母亲的话,把家里人都叫过来看,附近的人们也聚集过来。

"这真是不可思议呀。"大家一边说一边透过放大镜看。

等大家都看完了,我把米粒和豆子用纸包起来,还给那男人,道谢说:"真是谢谢你,我们都欣赏了。今天托您的福,让我们饱了眼福啦。"

那男人也说:"谢谢您的欣赏,父亲听了这件事也会感到高兴的吧。"

然后,他接着说:"您如此称赞父亲苦心练习的技艺,身为儿子的我也感到非常高兴。顺便,为了给这次的观赏留下纪念——请您画点什么吧,父亲也会感到高兴的。"说着,拿出一幅很大的画册。

虽然知道自己被算计了,但米粒和豆子上的技艺是真的很好,而且那男人说起父亲的事儿博他开心,也算是心怀好意,于是我就当场作画——当时正好是秋天,就在画册上画了一两片红叶。

那男人高兴地回去了。

之后,我把这件事告诉了母亲,母亲说:"能在米粒和豆子上刻下那些,那人的父亲也算是很有本事了,但能以此为工具,从你这拿到画,那个儿子更厉害啊。"

我现在一看到米粒,就想起那时候的事,不禁苦笑起来——在米粒和豆子上刻画出那些作品,以此做精明的生意,我又对这样的事感到有些无可奈何。

栖霞轩里的松园

"松园"这一雅号是从铃木松年先生的名字中取的"松"字。刚开始学画的时候,我们家的茶叶铺与宇治的茶商有生意往来,那里有收获上等茶的茶园,就从中取了一个"园"字,于是组成了"松园"。我记得第一次以《四季美人图》参加展览时,松年先生说:"应该给你取个雅号啊。"于是就给我取了这个名号。松年先生开心地说:"'松园'这名字很好,很有女性气质。"好像是他自己获得了个好名字似的。

最初,我把"园"字写得四四方方工工整整,中年之后则有意让里面的"元"字溢出"口"外来。我至今还能记起母亲为我感到欣慰的表情,就像松树园一样欣欣向荣。

我把画室中的一间称为栖霞轩。我不怎么与人交际,一味待在画室里沉湎于自己的绘画世界,竹内栖凤先生说我:"这简直是仙人的生活啊。仙人以霞为食以霓为衣,你这画室就叫栖霞轩怎么样?"

于是,屋号就沿用了栖凤先生所取的名字。我在画中国风的人物或中国风的大作时,会一本正经地在落款时把年号和"栖霞轩"一起写上。

自那以来,我在栖霞轩沉湎于艺术三昧的境界已有五十年了,为"松园"取名的人和为"栖霞轩"取名的人都已经不在了❶。

有时候,我会在这画室里梦见松园里欣欣向荣的松树,或是自己身披彩霞悠游于深山幽谷。

每天早晨,我都用冷水洗脸擦身,这比广播体操还锻炼身体。我已经坚持了四十年,并决定坚持到自己去世的那一天。得益于此,感冒之神不太喜欢我,从未光临过栖霞轩。

和坚持冷水洗脸一样,我也一直坚持少量摄取朝鲜人参精华。打造健康的体质,也需要像这样数十年如一日地坚持。

艺术世界更是如此,即便不死不休地精进努力,前路还是有遥不可及的地方。

在画室的时间是我一天当中最开心快乐的时光。

茶人身处狭小的茶室却能听见穿松之风,参禅之人静

❶ 这里指铃木松年和竹内栖凤先生都逝世了。

坐于幽暗的僧堂可达到无念无想的境界，画家端坐在画室，亦可到达至高的艺术殿堂。

研墨，展纸，姿势端坐，视线集中于一点，便可无念无想，任何杂念都无容身之地。

对我来说，画室就是莲花座，是无与伦比的极乐净土。

疲于创作时，就泡一壶薄茶，轻啜之。

清爽洁净的茶水在体内扩散，疲劳瞬间雾散云消。

"嗯，趁着这凉爽的感觉，来勾线吧。"

我提起笔小心地蘸墨。这时候，画出来的线条中仿佛流动着血液。

有时候颜色和线条会意外出错，造成不小的失败。这时，我连饭也会忘记吃，沉浸其中思索一整天。

我不想把失败给糊弄过去，而是要用心思索如何把失败转化为成功的道路。

冥思苦想，这样不是，那样也不是——就这样在空中画着线条、涂着颜色，想象着。

在空想中，忽然，新的色彩迸发出来、新的线条栩栩如生、新的构图跃然纸上——常常会有这样的事。

人们常说，失败是成功之母。古人诚不我欺也。

因为偶然的失误,反而以此为基础,创作出意想不到的佳作。这种时候就尤为欣喜。一般,这种场合也预兆着创作者的画境又更上一层楼了。

思考着弥补失误的方法,不知不觉沉入梦乡。

甚至在梦里,也在苦苦思索。

思维延伸着、延伸着,"松园"这个名字的笔画线条也"嗖"地延长,开成了一枝梅花。

有时候,可以在梦境中得到弥补失败的灵感。

但是,等睁开眼重新看所画的作品时,才发现现实中的失误之处与梦里的完全不一样,失望极了。

能将全幅身心投入自己艺术之中的人,是幸福的。

我想,也只有这样的人,艺术之神才会将"成功"二字赠予他们吧。

家里的女佣在我家工作很多年了,我却总是记不住她的名字。

"麻烦你"——我需要帮忙的时候,对谁都这么说。

艺术以外的世界,我是个一窍不通的外行。

我好像连叫出女佣名字的记忆力都没有。

就快到松篁婚礼的日子了，我的母亲却突然病倒了，终日在床上呻吟。我不得不开始照顾病人，另一边婚礼的大小准备也必须着手。

一直以来，各种家事都是母亲一人承担，这些烦琐的事情一下子都压到我的肩上，那时可真是忙得喘不过气来。

除了这些事，我还要画画。临近婚礼的时候，因为要洗母亲的尿布等换洗衣物，我的手已经皲到不行了。越临近婚礼，我的手越感到激烈的疼痛，于是去看了医生，被诊断为冻疮。要是再晚些治疗，我这为画画而生的右手的食指，就要被截去了。

母亲手书的价格表

前些日子整理旧时物件，翻出来了亡母年轻时书写的玉露❷价格表。

母亲练过书法，写的字相当入流。

❷ 玉露：高级日本茶名。

一、龟之龄　一斤二付　金三圆

一、绫之友　同上　二圆五十钱

一、千岁春　同上　二圆

一、东云　同上　一圆五十钱

一、宇治之里　同上　一圆三十钱

一、玉露　同上　一圆

一、白打　同上　一圆

一、折鹰　同上　八十钱

上面还记录了其他一些听过名字的铭茶，但是下部裂开了，看不清价格。

和今天的玉露比起来，毫无疑问，当时的可便宜多了。

而且味道也毫无疑问地美味多了。

当年的茶叶铺的气氛非常静好，寺庙的和尚、儒学家、画家、茶人，还有商铺的人们都会来买茶。本来，相对于日常生活用品，茶是稍显奢侈的，但就算是不太宽裕的人也会来买茶。品尝上品的茶，是当时京都人不可割舍的嗜好。

店面位于四条大道的繁华地点，因此门前总是人流如织。遇到熟人路过，就招呼道：

"哎呀,请进来坐一坐吧。"

"那么就稍微休息一下吧。"

于是,路过的客人坐下休息,不论买不买茶,店里都会送上一杯家里泡好的薄茶。

"喝一杯茶怎么样?"

说着,将茶送到大家面前。正好附近有一家不错的点心店,熟悉情况的茶人就去店里买来点心分给同席的人们。大家一边啜着茶,一边坐着热烈地聊天。

如果说江户的理发店是商人们的俱乐部,那么京都的茶叶铺应该就是茶人的俱乐部了吧。

那时候京都的商人也很和蔼。不仅是茶叶铺,不论什么商店,大家都很亲切,买东西也好卖东西也好,都是发自内心地感到愉快。

最近的商人们可不是这样。拼命卖货,想尽办法让人买……仿佛掉进钱眼里那般,没有一点人情味,真是令人惋惜啊。而且还听说,为了进行不正当的交易,还发明了"暗话",更加令人怀念旧时的淳朴了。

话虽如此,也不是说过去就没有不法商贩了。

茶店里常有"茶鸢"(即茶叶经纪商)上门。

新茶上市的时候,"茶鸢"就来卖茶,宣称他们的新茶是宇治一品。

对这种"茶鸢"必须十分小心,如果稍有疏忽,别提什么宇治一品茶了,他们就会把旧茶呀乡下茶之类的混进去,或者干一些其他坏事,让买家蒙受不小的损失。

母亲总是逐一品尝送来的茶,而且拥有识破对手奸计的敏锐舌头。

"后味有点苦涩。你不是把地方茶混进去了吧?"

一看要不了花招,连"茶鸢"也只好认输,乖乖运来好茶。

商人,并非只要"低价买高价卖赚得差价"就行了,必须要让客人因买到好东西而心生愉悦和感激——母亲总是这么说。

我希望今天的商人,也能有这样的良心。

疼爱小金鱼

我小时候很喜欢金鱼,常常把金鱼从缸里舀出来,给它穿上红衣服,被母亲发现就落得好一顿训斥。

"你这么做可不是在疼爱金鱼啊。金鱼不穿衣服也不会感冒,你还是给它把衣服脱掉吧。"

我看着手掌中一动不动的金鱼，一边迷惑地对母亲的话点头称是。

小孩心思的我，把死去的金鱼埋在庭院的角落，还给它立了一个小小的石墓碑。我向母亲报告了这件事。

母亲站在木板窗外的窄走廊上，一脸无奈地对我说：

"给它建个坟墓虽然不是坏事，但把好不容易生长起来的苔藓给挖了，真是让人心疼啊。"

还是小孩子的我，当时还不具备成人一般明辨善恶的能力。

那时候，我心里纳闷：

"怎样才能让大人表扬我呢？明明做的都是好事啊。"

儿子松篁也和我一样喜欢金鱼。到了冬天，我就用粗草席把金鱼缸包起来放在暗处等待春暖花开，但松篁总是等不及春天来，常常把走廊角落的鱼缸上的草席掀开，从缝隙看里面。当他看到心爱的金鱼像寒冰中的鲤鱼一样一动不动，马上显出担心的神色，于是拿来竹枝，从缝隙间去戳金鱼，看到鱼动了，就露出安心的样子。

我耐心地教导他：

"金鱼在冬天要冬眠，你这样把它弄醒，它会因为睡眠不足而死掉的……"

儿子松篁似乎不明白金鱼为什么要在水里睡觉，只是苦着脸说："可是，我担心呀……"说着，回头看了看鱼缸。

主人待客的心意

有朋自远方来，不亦乐乎——古代中国人有这么一句话。这时候拿出现成的鱼呀野菜呀招待朋友，就是发自内心的欢迎了。

待客吃饭，不一定非要把山珍海味摆满桌。要紧的是主人的心意，不是吗？

前些日子我去拜访了一个茶人老友的家，那对老夫妇发自内心地热忱欢迎。

然而夫妇二人却因为欢迎客人的方法而引发了一段美妙的争吵。

丈夫的主张是这样：

"今天这位客人不喜欢过分的招待，那么趁现在，把厨房里现有的东西找出来就行了。客人反而会因此高兴的。"

夫人的意见是这样的：

"此言差矣。正因为是多年不见的客人，必须要让人家好好吃一顿。你看,招待的汉字'驰走'❸两个字是怎么写的?一个马字旁加一个也,表示要骑上马跑出去,买来材料,精心烹饪,邀请客人进餐——这正是'驰走'的起源啊。"

两人都发自内心地为我这个朋友着想,令人感动。于是我充当调停人,对他们说:

"你们两人刚刚的这番话,已经比任何山珍海味都要美味。我已经享用过了,所以只来一杯薄茶就行了。喝完茶我就告辞了。"

无论是丈夫的"现成饭菜"式招待,还是夫人的"骑马买菜做饭"式招待,他们两人发自内心的款待都含在一杯薄茶之中,我怀着感激的心情一饮而尽,尽兴归家。

芭蕉翁❹来到金泽城的时候,门人和金泽的俳句诗人为他举办欢迎会,摆出山珍海味,芭蕉见此,说:"这种招待方式不是我的风格。你们要让我高兴的话,给我一碗粥、一片酱菜就够了。"

我在回家的路上想起芭蕉这番劝诫的话,心中露出久

---

❸ 日语中"ごちそう(驰走)"是设宴款待的意思。

❹ 松尾芭蕉(1644—1694),江户前期著名俳句诗人,是他把俳句形式从和歌中解放出来并推向文坛顶峰。在诗作中灌输了禅的意境是他的特色。重要作品《野曝纪行》《奥之细道》。

违的微笑。

且以艺术，度化众生

基本上，我只画女性画。

但是，我从不认为，女性只要相貌漂亮就够了。

我的夙愿是，画出丝毫没有卑俗感，而是如珠玉一般品味高洁、让人感到身心清澈澄静的画。

人们看到这样的画不会起邪念，即使是心怀不轨的人，也会被画所感染，邪念得以净化……我所期盼的，正是这种画。

且以艺术，度化众生。

画家至少应该有这一点自负。

如果不是好人，就创作不出好的艺术。

绘画也好文学也好，其他的艺术也好，都是这样。

自古以来，没有一个能创作出优秀艺术的艺术家是坏人。

他们各自的人格都有高尚之处。

我想画出达到极致的真、善、美的真正的美人画。

我的美人画，不只是单纯地以写实手法描绘女人。虽然我重视写实，但我想画的是对于女性美的理想和憧憬——我是一直怀抱着这样的想法,而一路走过绘画生涯的。

我在达到今天这般沉浸于绘画三昧境界之前,曾数次经历背临死亡深渊般的痛苦。

空怀一腔艺术理想,却常常怀疑自己的才能,一想到如果只能做一个平平凡凡的人,就觉得没有活下去的必要了,数次临于绝望之渊想要一死了之。

等稍微有了些名气,我又苦恼于真实的艺术之道,不知道地位、名誉之类的东西有什么用,被厌世的情绪所纠缠,有时甚至不明白自己所走的路到底是不是对的。

如果对这些事情钻牛角尖,除了自杀也没有别的路了。

要是自己都懦弱了,该怎么办?——我这样鼓励着自己,凭着对艺术的热情和坚强的意志力走了过来。无论如何,我打开了如今的局面,总算安定了下来。

回想起过去的喜与忧,才发现那些苦乐参半的回忆都在艺术的熔炉中被融化、重新合成了一体,意料之外地创造出了坚忍不拔的艺术之境。

此刻我端坐莲花座上静思——沉浸在绘画三昧的祥和生活之中。

山中温泉之旅——发甫温泉的回忆

在信州有一个叫"发甫"这个罕见名字的温泉地。在文人墨客之间流传甚广,但在一般人中间好像还没什么名气。一是那里远离城市,野草丛生,因为偏僻而有些太过寂寞了;另外就是交通不怎么方便,而且即使作为温泉地来看,新式设备尚未齐全,自然是不吸引城市人的。

前年,松篁在那里停留了几天,画画写生,登山游玩,对我说:"真是一块非常安静的地方,当地人也很淳朴,是一个不错的温泉地。母亲也去一次怎么样?"我于是就接受了邀请,正好在去年的六月七日从京都出发,前往发甫。

当时的一行人,除了我和松篁之外,还有两三个松篁的朋友。

夜行汽车从京都出发,在黎明时分再乘公共汽车从松本出发。于是在早晨的气息笼罩大地之时,早早地抵达了发甫,我惊讶于距离竟如此之近。这一片远离都市的山麓乡间,让人感到心情舒畅。

发甫这个地方分布着两三处温泉地,这些好像统一总称为发甫。但是我们要去的地方,不是山麓上的温泉地,而是山上更高处,被称为"天狗之汤"的温泉。"天狗之汤"如其名,大概是过去天狗居住的地方吧,据说是一处非常幽静深邃的所在。这山麓上的温泉已经远离尘嚣、静寂至极了,比这还幽静的地方,会是怎样呢?我十分期待,即刻骑马踏上旅程。

牵着马缰绳的男子,不可思议地是一位善于谈画的人,已经知晓我的名字,对于京都和东京的各位先生们的名字也都如数家珍,说起话来滔滔不绝。如前所述,因为画家和文人经常来发甫的缘故,这个男子自然也就记住这些事情了吧。"那边可以看见的房子,是东京的大观❶先生的别墅",他告诉了我诸如此类的事情。

这个男人应该是本地的百姓,过着富足的生活,即便不做马夫也能过得很滋润,但是觉得因为生活富裕就游手好闲很无聊,于是牵起马绳,做着时不时与旅行者相伴的工作吧。

因为是这样的人,让坐在马上的我,有幸能够兴趣盎然地到达了山上的"天狗之汤"。我所乘坐的马,非常温顺,第一次骑马的我也没有感到任何危险,悠然地骑坐。马背上马鞍的两侧,有两个旅行者收起来的脚炉木架,

❶ 横山大观(1868—1958),日本近代绘画之父。他的艺术宏大奇绝,始终充满了激情,以阐释其浪漫主义情怀。代表作《生生流转》《夜樱》《红叶》。

一边一个,也就是说两个人骑马是固定的方式,但因为骑马的只有我一人,所以在另一边挂了很多的行李,这样可以平衡重量。晃晃悠悠地摇着,登上信州山路的感受,实在是难以言表。

山上是白桦树林有着难以言状的安静和优雅,那被清晨的气息笼罩着、由早晨的阳光投射过来的景色,流露出无法用语言形容的诗情画意。特别是从树木之间,即便时值六月,也可以看到远山上的白雪,看见纷纷簌簌的晚樱,这是一幅微妙的画,而我也是这画中的一景。

"天狗之汤"的旅馆,几乎接近山巅,果然是一处温泉旅馆。一到达那里,因为寒冷,我赶紧借来薄棉的和服穿上,先在房间正中央"砰"地躺下,以手肘作枕。因为山中只有这一间旅馆,就一点儿也不客气了。

一躺下来,就听见小鸟鸣叫之类的山中之声,真是无法言喻的爽快。松篁他们在途中一边写生一边登山,过了一会儿也到了。

出去旅行,真能这么悠然自在,是很少的。对于讨厌设备不齐全、招待不周到的人,发甫这地方就不适合;但对于并非执着于这些的人,这儿真是一块好温泉地。

明治怀顾

一想起我开始学画时的事,真是有许多令人怀念的回忆。当时(明治二十一年左右)京都画坛有铃木百年、铃木松年、幸野梅岭、岸竹堂❶、今尾景年、森宽斋、森川曾文等诸先生,这里我想以铃木松年画塾为例来说一说。

就像今天所说的画塾研究会,每个月的十五日在圆山的牡丹畑召开。当时的圆山公园靠着祇园神社北边一片苍郁的森林,连着一条小路,在那棵有名的橡树附近有块牡丹畑,那里有家名为牡丹畑的料亭❷。研究会就在那举办,在料亭的入口处用大字写着"铃木社中画会",楼上展出以松年先生为首的画社中人当月的作品,大部分是纸本,贴在装裱用的画卷上;楼下则有即席作画。春天的时候圆山很热闹,大家看到这个铃木社中画会的招牌,纷纷进来观看。参观完二楼陈列的画,下楼来,有卖扇子和宣纸的,买上一些,就求画家在上面即兴作画。画家不知道这些都是来自何处的哪位拿出来的扇子,就提笔在上面画画。

而且,这个身兼研究会之效的画会上,没有什么作品批评。在社中的人们展出之前,就从先生那里借来范本,

❶ 岸竹堂(1826—1897),幕末明治时代活跃的日本画家。

❷ 料亭:日本价格较昂贵、地点隐秘的餐厅。

照着画下来，并让先生看过指点。这里说的范本，是松年先生经常在夜间与来客一边谈话一边画的。先生在矮而大的桌子上展开宣纸，也不烧墨，就画起山水画，画到三分之一左右，墨还没干，就用废宣纸覆盖其上，"骨碌骨碌"地把画卷起来，再接着画下一幅。就这样不知过了几天，好几幅画就完成了。这些画堆积在画室一隅，当我们说"请借我范本吧"，先生就让我们"从画堆里挑"。我们就从中选出自己喜欢的作为画画的范本。

当然，我们不仅是向先生借范本。天气好的时候，先生会突然说"现在我们去贺茂❸附近写生吧"，社中的几个人就随着先生去。途中大家买很多柏饼，画完写生，大家一起坐下来享用。这也是令人怀念的回忆之一啊。

春秋两次的铃木派合同画会（百年、松年）同样在牡丹畑召开。这时展出的都是绢本了。如前所述每月的例会上大部分是纸本，而在这样的大会上就要拿出绢本，特别是力作了。绢不像今天这样包边，而是贴在装裱用画卷上的。

以上是一个画社一年中活动的例子。直到明治二十九

❸ 贺茂，京都地名。

年左右,名为如云社的画社还存在,每月十一日召开画会。画会有专门负责服务和协调的人,参考品都是从大德寺、妙心寺等各个方面借来陈列的古名画。展出的都是些相当出色的作品。于是,当日有梅岭、铁斋、景年,还有内海吉堂❹、望月玉泉❺等老一辈大家,当时还年轻的栖凤、春举等人物齐聚一堂,鉴赏作品。房间中央摆着火盆,老少诸位大家围坐在四周,喝着茶人制作的抹茶,兴致勃勃地聊着天南海北的话题。那边想要说旅行的话题,这边抛出了关于鸟的话头。还有古画的话题等等,各方面的事都聊一遍。我们一遍临摹陈列的名画,一边现场学习"活的学问"。当天就像是京都画人的座谈会,大家一同忘了时间,不知何时太阳落山,纷纷慌慌张张地离座起身,真是非常祥和的时光。

当时的展览有东京的美术协会展,没有审查环节,只要拿出作品就能展出陈列。本来,各画社就由先生选出作品,我记得京都的美术协会也同样没有审查就展出。我想我的出品画第一次接受审查是在第四回内国劝业博览会。就像这样,明治三十年以前的画人,都是很悠游自在,于

❹ 内海吉堂(1850—1923),日本南画家。

❺ 望月玉泉(1834—1913),日本画家。望月玉川之子,画得父传。后来兼容圆山、四条派笔意,自成一派。曾参与组建京都府画学校。代表作《有虞两妃图》《荻草卧猪和藤萝戏熊》《平安百景》《养雕图》。

是所谓守护"家艺"的画人，就和时代一起被遗忘了。当时孜孜不倦反复钻研的人，后来很少有画坛留名的。栖凤先生也是其中之一。我入先生门下时，先生还年轻，常与门下的人们出去写生。想起那时候的事，也觉得令人怀念。

出去画写生，不像今天这样有交通工具可乘，清早天还黑着，大家就去先生的宅子集合。关雪先生、竹乔先生，这样的男士们穿西式服装和草鞋，我们女士就穿草履，一天走九里路都是平常事。我们绕着洛北❻的溪谷走，有时投宿在山村里的旅店。毕竟是突然来了二十多位客人来住店，旅店就把村里的姑娘们召集起来为我们服务。因为聚集的都是血气方刚的年轻人，村里的姑娘们就这边那边地大声喊"喂，吃饭啦——"，忙到眼睛四处打转。这样的写生旅行一个月一次，痛苦的回忆、快乐的回想都无穷无尽。

在如今战争的阴影下，国民忍受着一切的困苦。为了节电街道变暗，交通机关也规劝民众不要做无谓的旅行。

❻ 洛北，京都北面。古代京都仿照唐朝都城，左京洛阳，右京长安，但右京后来逐渐荒废，因此又称京都为"洛"。

不知为何我想起了我们的修行时代,明治年间的那些事。当时的年轻画人明亮开朗,精神饱满,真是个不错的时代啊。社会充满活力,有一种万物兴盛的气氛。

（昭和十八年）

叁

我记忆里的那些人

私 の 記 憶 の 中 の あ の 人 た ち

三人之师

铃木松年先生

对我来说,铃木松年先生是最初的老师。从我摇摇晃晃地走在绘画之路的幼年开始,就是他手把手地教导、培育我,直到我能一个人迈出坚实的步伐。可以说是像父母一样培育我的重要的老师。

松年先生的画风是干练的四条派,常用的画笔也是毛质硬挺的狸猫毛笔。

先生绝不会使用板刷。先生说,艺术家不应该用板刷这样的工具,画家应该把画笔作为全部的依靠。如果需要用到板刷的时候,先生就同时手持三四支毛笔作为板刷使用。

先生的笔触雄浑,我曾瞻仰先生创作,他的力量能贯注到手指,真是潇洒写意。因为在笔上太过用力,有时候纸都被划破了。

因为先生的画风非常潇洒恣肆,自然地,弟子们的画风也是这样。连研墨的动作也很粗犷,所以很难磨出光滑润泽的墨汁。

"研墨必须让女人来做。"先生说。所以先生经常让我研墨。

先生的画室里有一张低矮宽大的桌子,那上面总是叠放着几张联裁❶的宣纸。

先生一在桌子边坐下,从上往下一张一张地画出岩石、树木、流水、云彩,一气呵成,行云流水。

蘸上水、吸饱墨汁的笔在纸上运转,一瞬间整张纸就变得黏黏糊糊。

之后先生就在上面放上废纸,卷起来放在一边。

接着在下一张纸上画其他旨趣的作品。

很快纸又变得黏糊糊,先生又同样放上废纸,卷起来放在一旁。

一天要这么画五六幅。第二天等这些画都干了,再拿出来接着画。然后纸又变得黏糊糊了。又卷起来,放在一边……像这样,大概用五天,就能完成各自雄浑卓越的构图,这是老师的创作方法。

像这样潇洒的画法,先生之后我再也没有见过。

与厌恶板刷一样,先生也极度不喜欢用器物来摹画物体的形状。

比如要画月亮,就用粗笔,使出腕力,一气呵成地画

---

❶ 又称四三裁。宣纸、花纹纸等整张纸四分之三大小的纸。

出来。

当时京都画坛中，今尾景年❷先生、岸竹堂先生、幸野梅岭先生、森宽斋❸先生等大师各成一派，景年先生画月亮的时候就会借助圆形的盖子或圆盆、碟子等。但松年先生绝对不会使用器具来作画。

"别人是别人，我是绝对不会用这种画法的。"先生常常强调，画家应该单凭画笔来安身立命。

每月十五日是铃木百年❹、铃木松年两社合并的月并会，在丸山公园平野屋附近一家叫牡丹畑的料亭举办。大家把各自觉得满意的画拿出来给先生看，先生挨个观看弟子的画，然后点评："这根线力量不足、这里应该涂上颜料"。真是粗犷的教学方法。

百年先生虽然不是我的老师，但我常在两社合并的席上见到他。先生教了我很多东西。当时是明治年间，以田能村直入❺等为代表的南画、文人画很兴盛，百年先生也受其影响，画风中多少体现出南画的风韵特点。

松年先生是百年先生的亲儿子，画风却与百年先生完

---

❷ 今尾景年（1845—1924），日本花鸟画家，作品收藏于《景年习画帖》。

❸ 森宽斋（1814—1894），字应举，笔名时计，关西等。日本江户时代后期至明治年间著名的圆山派画家兼政治家。曾任日本皇室宫廷画师。曾任京都画学校教授。1890年受命帝室技艺员，如云社创立者之一。

❹ 铃木百年（1825—1891），幕府末期至明治时代的日本画家，别号大椿翁。明治十三年，担任京都府画学校『北宗科』画派的讲师。擅长山水、花鸟画。其门人被称为『铃木派』。

❺ 田能村直入（1814—1907），明治时期著名的绘画大师。画家田能村竹田的养继子，曾任京都府画学校（现在的京都市立艺术大学前身）校长。

全不同。

在绘画学校时,松年先生就与别的先生不同,做派豪放磊落,与学校的其他老师似乎常常意见不合。

但是在学生中间却很受欢迎。

先生的豪爽中带有亲切的人情味,充满才华而大度,不断地向画坛推出一个又一个优秀的弟子。

当时的绘画界,师徒关系一般都像亲子关系一样,非常亲密。

先生有发出"哼哼"鼻音的习惯,走起路来木屐也会"咔嗒咔嗒"地响。

于是,弟子们也变得常常发出"哼哼"的鼻音,木屐发出"咔嗒咔嗒"的声响。连自己也没意识到,这习惯就在弟子间"传染"开了。

塾生们和先生五六人一起走时,"哼哼""咔嗒咔嗒""哼哼""咔嗒咔嗒"……实在是很热闹。

说到师徒间的关系,正是因为学到这个地步,师父才能成为师父、弟子才能成为弟子。这其中难道不是包含深意的吗?

当然,在绘画方面也必须完全彻底地将老师的技法学到家。在此基础上,根据每个弟子的资质,聪慧的人就能以目前学到的为跳板,向自己的画风迈进。

不完全学习到老师的风格是不行的。但是总是陷在其中,也就无法青出于蓝而胜于蓝。——先生常常对弟子们这么说。

松年塾里,有一个叫斋藤松洲的班长,那人是基督徒,还很时髦。

他的文章很好,书法也比画要出色。

斋藤常常气焰高涨地四处演说,还背着背箱上京去,与红叶山人等交游,以徘画⑥而出名。也很善于装帧书籍。

现在我手边还留有一幅他给我画的素描,只要一想到松年先生的私塾,就会想到这个人。

先生在大正七年逝世,享年七十岁。

他是日本画坛中一位伟大的画家。

⑥ 日本画的一种。风格滑稽轻妙。作者主要是徘句诗人,画作上通常写有徘句。

幸野梅岭先生

我在松年先生的私塾学习时,因为有各种的原因,有一点是觉得自己必须要见识更加广阔的绘画世界,按照过去的做法,为了学习其他流派,我获得了松年先生的允许而得以在幸野梅岭先生门下学习。

梅岭塾在京都新町姐小路,当时说起幸野梅岭,不仅是京都画坛,更是日本画坛的权威,还担当着帝室技艺员❼的最高荣誉,其门下不乏已跻身大师之列的画家。

我为了与这些伟大的画家们为伍,拼命地努力,以一介女流之身尽力研究学习。

菊池芳文❽、竹内栖凤、谷口香峤、都路华香等一流画家都拥在门下,梅岭先生就像是旭日一般君临京都画坛。

虽然同为四条派,但松年先生的画风偏朴素稳重,笔力雄浑;梅岭先生的画风则更加华丽,笔触也更柔和,妖娆绚丽,画面十分漂亮。

向这两位画风大相径庭的先生学习的我,就因此产生

❼ 帝室技艺员是从1890年至二战终战之后,由宫内省实行的为保护和奖励美术、工艺品作家的表彰制度。能够成为帝室技艺员的职业包括刀工、画家、雕刻家、金工、陶工以及漆工等各个工艺门类。尽管二战结束后,这项奖励制度被废止,但新的制度也随之产生,这就是重要无形文化财产保持者(人间国宝)。从这项奖励制度产生至今,除去表演类的工艺人员,合计任命了百余人"人间国宝"头衔。

❽ 菊池芳文(1862—1918),日本画家。与竹内栖凤、谷口香峤、山元春举,并称为"梅岭四天王"。

了无尽的烦恼。

虽然想按照梅岭先生的画风来画,但不知不觉间就恢复了松年先生的粗犷习惯。柔和华丽的手法和雄浑稳重的画风杂糅到一起,怎么都画不出顺眼的画。画出来的尽是些让人无法沉下心来的东西。

梅岭先生对于这些不纯的画自然是不满的。一次也没给过好脸色。

"这可不行!"

慌张的我越急着想舍弃松年先生的画风,就画得越糟糕。

曾有一段时间,我非常绝望,甚至想过放弃画画。我甚至怀疑自己是否具备画出正经作品的才能。

然而,某一天我突然想到:

"入师而后出师。"松年先生曾这么说。

是啊——从意识到这一点的那天起,我变得强大了。

我要取松年先生的长处和梅岭先生的长处,再加上自己的优点进行加工,创造出独属自己的一派。

想到这一点的我，从那天起仿佛重生一般，又走在了广阔的绘画之路上。

画画使我快乐。两位先生的长处加上自己的长处而形成的新画风——松园画风的确立，就是从那时开始的。

梅岭先生对门下的弟子实在是很严格。

连一个姿势也不允许不端正。

"姿势不正，则画不正！"

这是先生的金句。

梅岭先生于明治二十八年二月去世。

我入塾后第二年就不得不与先生永别，师生的缘分实在浅薄，对我来说，失去先生犹如失去照亮我道路的巨光。

我是在二十一岁的春天，与先生诀别的……

但是，那时我已经切实地获得了自己的画风，因此精神上并没有产生强烈的动摇。

只是，从此以后就不得不与那位鉴赏我作品的先生诀别了，真的是非常、非常可惜。

先生去世后，门人们商量后决定各自投奔梅岭四天王的门下：

菊地芳文

谷口香峤

都路华香

竹内栖凤

在此四人之中，我与其他十数名塾生一起拜入栖凤先生门下。

竹内栖凤先生

失去了松年先生和梅岭先生的我，在去年的秋天，失去了最后的恩师——竹内栖凤先生。

毋庸置疑，竹内栖凤的辞世给日本画坛的打击，比痛失梅岭和松年两位大师的总和还要大。

我想，像栖凤先生这样，在古今的日本画坛中占有如此重要地位的大师是极少的。

说京都画坛的大半都出自栖凤门下也不为过：

桥本关雪

土田麦倦

西山翠嶂

西村五云

石崎光瑶

德冈神泉

小野竹乔

金岛桂华

加藤英舟

池田遥邨

八田高容

森月城

大村广阳

榊原苔山

东原方倦

三木翠山

山本红云

如果有人这么问:"栖凤先生的伟大之处在哪里?"
只要举出以上的弟子姓名就够了。

先生常常说:"去画写生!去画写生!"
先生说画家每天必须画一幅写生,无论哪一天,先生都一定会画写生。

先生晚年时基本都住在汤河原温泉，据说直到七十九岁高龄去世之前都在坚持画写生。

我画的临摹、素描与先生的写生比起来，实在是微不足道。

那是明治二十七、二十八年的时候吧，梅岭先生、竹堂先生、吉堂先生等各位都尚在人世，栖凤先生也不过三十多岁，那时的绘画展览会与今天的比起来，气氛要自在多了。当时我只有二十二岁，梳着裂桃式发髻，发梢上垂着鹿子❾，经人介绍得以在栖凤先生门下学习。

刚入学时，同学中有很多伟大的画家，我便决心"这下，不好好努力是不行的——"因为舍不得绑头发的时间，就用栉卷把头发卷起来，一心一意地学习先生的画风，把先生的作品临摹下来。

先生是严格的老师。作为梅岭门下四天王之首，栖凤先生大概也浸染了梅岭先生的严格，也是一位不输于梅岭先生的正派之人。

❾ 有规则白色斑纹的布制发饰，因白色斑纹像幼鹿的毛皮，故这种斑纹称为"鹿子"。

但他也有温柔的一面，经常允许我们在他的大作公开以前就临摹，展示了先生的大度气量。

我记得当时有一幅捐赠画，是栖凤先生在长八尺的绢布上画的《寒山拾得》，我观看后大为感佩。那幅作品比古画更加生机盎然，时人皆称颂不已。先生让我有机会临摹了那幅画。之后，先生又在绘画共进会上展出了《牧童》，画的是两个牧童，一个坐着打盹，一个躺着睡着了。这幅大尺寸的作品广受好评，是先生的力作，这幅画先生也让我临摹了。我时不时把过去的临摹练习本拿出来看，就想起了当时的事。

如传闻所说，先生的私塾非常强调写生的练习，经常组织大家带着便当，出发去远处写生。我虽然是一介女流，但也不想输给男人，就与一大群男生一起出发、跋涉、住宿，为了写生而旅行。

栖凤先生的教育方式很注重个性，绝不像古板的师傅那样生硬灌输，而是将学生的个性和特征给引导出来。先生所说的，当下可能还不明白，但之后再思考就能恍然大悟，发自内心地认同。先生不会手把手地给学生修改，而是加以引导、暗示。我在先生门下，也是全身心地努力学习。

除了写生和临摹参考书，我在研究古画上也不敢怠慢。先生还曾带我去参观和临摹北野缘起绘卷⑩。明治二十八九年时很流行历史画，先生在全国青年共进会上展出的大和绘式的作品，画的是新田义贞⑪和勾当内侍⑫，御苑的樱花盛开，门外候着侍从。先生因此而获奖，这件事我从未忘怀。当时流行的画风是不把人物画得太大，而是将人物融入风景之中。先生从学校回来后，会亲切地指导私塾的学生，我至今也很感佩先生的亲切和热心。

先生过去在东京美术展览会上展出的《西行法师》采用的是水墨画法，远超圆山应举，我的脑海中至今也能浮现出那幅作品……还有，题为《春之草丛》的展出作品，画的是庭园的春色，芭蕉树下有一只鼬。这幅画在当时的画坛中反响甚大，称得上是一幅佳作。

⑩ 北野缘起绘卷，十三世纪初期日本著名的连环图画之一，共八卷。描绘的是菅原道真（845—903）的故事。因于公元947年在京都北部北野地方建有奉他为天神的庙宇，故名。菅原道真是政治家、书法家和诗人，曾升任辅助宇多天皇的右大臣。因受政敌藤原时平的诬告诽谤，被流放九州太宰府，在那里忧愤郁郁而死。以后皇宫屡遭雷击，有些大臣也因此丧命。这些事件的发生被认为是道真冤魂的报复，因而建立上述庙宇以安定他的灵魂。这套绘卷表现了有关天神的生活及其传说。反映了镰仓时代非佛教绘画的新精神。

⑪ 即源义贞（1301—1338），为镰仓幕府末期到南北朝时期的名将，河内源氏一族，新田氏第八代当主。曾经辅佐后醍醐天皇，灭亡镰仓幕府。但后被足利尊氏打败，自刎而死。

⑫ 后宫女官官名，相传新田义贞有一位官至勾当内侍的情人。

先生七十七岁大寿时我很高兴，想着说等到先生八十八岁大寿时还要庆祝，然而……但直到今天，我也不曾觉得先生离开过。

栖凤以前无栖凤，栖凤之后失栖凤。

这话常被人说起，我听到的时候都会暗自点头。

听闻栖凤先生的传记电影拍摄时，我非常期待：到底会刻画出怎样的先生呢？

（昭和十七年）

土田先生的艺术——追悼土田麦倦

应该是去年的夏天吧，京都的画友们齐聚一堂，举办了友禅祭——也就是大家把收藏的作品拿到一起陈列展出。我也去参观了，连仙禅斋的代表作也有很多，真不愧是一场美妙的展览。因为有太多出色的构图和配色，我不知不觉就从怀里取出写生本，想临摹下来以作日后参考。

我正一幅一幅看着，突然发现有个男人频繁地在写生。哎呀，那是谁在写生呀，真是令人感佩啊——我这么想着，走近一看，原来是土田先生。土田先生画的是花筏[1]的纹样。我去寒暄几句就走开了。那纹样应该会画在舞伎的衣服上吧。

土田先生对舞伎颇有研究。最初是在文展上展出了作品《三个舞伎》，国展上也展出了同样题材的作品。他画的舞伎，有的坐在椅子上，有的跪坐着，有的蹲着，虽然都是同一题材，却是一幅一幅分别研究透彻后才开始画，因此每幅作品都有生命。

土田先生的作品，我记得最清楚的最早的一幅，是文展还没举办之前，每年春天在京都举办的美术协会展览会上展出的画《罚》。画的是乡下小学教室的一角，三个少

[1] 花筏，把樱花花瓣落在水面上，聚集成带状顺流漂走的样子比作筏。

年被罚站。因为这幅画是在栖凤先生家的二楼创作的,那时候我就知道这幅画的存在了。少年站着的脚边有两三枝野菊。在作品几乎快要完成的时候,我正好遇上土田先生对身边的人发问:"啊,现在非画野菊不可了。哪里有正开着的野菊呢?"身边的人告诉他在二条离宫❷的附近有,他便说:"这样啊,我去一下。"他出门的行姿,至今历历在目。

《征税日》也在那个展览会上展出了。这幅作品画的也是乡下的风俗,在类似村庄公务所的地方,老爷爷和大婶们来纳税,一个小姑娘穿着系红绳的草鞋。《春之歌》画的是乡下的孩子们手拉着手围成一个圈唱歌的场景。当时土田先生喜欢画的题材主要就是乡下的现代风俗。其作品中还有一幅《孟宗竹》,是他很少画的题材。这是在向日町附近写生完成的作品,听说落选了。《春山霞壮夫》取材于《古事记》❸中的神话,是其作品中罕见的历史题材画。应该是我展出《玩人偶》的那一年,我记得我们两人都获得了银奖。

当时在奈良有一个叫工藤精华的八十多岁的老爷爷,

❷ 离宫二条城,建于江户时代,是初代江户幕府将军德川家康作为京都的重要据点而建的。

❸ 《古事记》是日本第一部文学作品,包含了日本古代神话、传说、歌谣、历史故事等,安万侣于和铜五年(712年)一月二十八日编纂完成,由第四十代的天武天皇审定,记载了从建国神话到推古天皇的故事。

他是一个奇特的摄影师。当时因为明治维新，神社和寺院里的佛像和绘卷还没有充分整理好，他拍了不少照片。工藤爷爷和妻子两人住在破落的房子里，他喜欢酒，整天都在喝酒。但是他的二楼上收藏了许多照片的原板，这些佛像和绘卷的照片后来都成为国宝。土田先生拜访那里，获得了作品《散华》的资料。

土田先生一直很重视写生。舞伎也好女商贩也好，他都一遍又一遍地写生。等写生画完一看，作品却并非照搬现实，而都做了土田先生风格的改良。我认为正是这里体现了土田先生的艺术。

（昭和十一年）

回想起年轻时候,最令人怀念的是那时候的临摹帖。如今的八坂俱乐部,当时是有乐馆,森宽斋先生开创的如云社就在那里。每月的十一日,京都的画家们在此云集,气氛祥和地彼此交流。席上照例一定有寺庙或街上的好事者拿出七八件过去的名画作为参考,我们就拼命地将作品临摹下来。当时我们还去看祇园祭的屏风祭,大家打听着"今年应举的画会在哪里""山乐的画会在哪家",然后跑去临摹。

八坂先生的绘马堂也去过。北野的《杨贵妃图》,我至今还清楚地记得。当时颜料的颜色还十分鲜明,如今已经彻底回潮了。

我十三岁时,进入位于现今京都酒店的府立绘画学校学习,一年之后,转入铃木松年先生的私塾。

松年先生的私塾与其父亲百年先生的私塾联合,在圆山公园藤棚的料亭"牡丹畑"分别在春秋季节举办一次作品公开会。

开会的时候,会场铺着红地毯,画师在陈列着的扇子、短册、彩纸等素材上作画,来的人每个都要简单画点什么。

松年先生的私塾里,除了我之外,还有两个姑娘,分别叫作竹园和梅园。三个梳着裂桃髻的年轻姑娘并列在红地毯上。

"这岂不是松竹梅吗?"半开玩笑地,我们成了"著名人物"。春天的圆山,三个梳着裂桃髻的姑娘站在红地毯上,在期望的即兴画作上淡淡描画的场景,已成逝去的风物,如今回忆起来只能空叹一声。竹园小姐后来不幸夭折,梅园小姐是绘画专门学校中井宗太郎教授的姐姐,如今还健在。回想起来,这些画面如同放映的走马灯,又如无穷无尽的画册展开在眼前。

(昭和十一年)

追寻旧日记忆 追悼山元春举[1]

过去的画并不像今天这样浓墨重彩，都是很清淡的。那时春举先生画了一幅海边童子的画，当时我还觉得挺普通的，但现在看来，与他的画比起来，如今的画都太粗糙了。

《法尘一扫》是水墨画，画中和尚的脸是用代赭石色画的。不仅是脸部，画的整体风格都很清淡。这幅作品展出的那一年，栖凤先生正好从西洋归国，展出了《狮子图》。当时也有屏风图展出，但不像今天的展览会上的那样，很小幅的作品也有展出，并没有尺寸上的标准。

我二十五六岁，还是二十七八岁的时候，森宽斋老先生去世了。当时我常常见到春举先生。因为我们师从不同的私塾，说是见面，却很少能多说几句话，也没什么机会好好交谈。那时的春举先生，从年轻时起就是位爽快、充满书生气的人，话非常多。我可以说他是一位不藏坏心、可以安心交谈的人。

我年轻的时候，文展、帝展之类的公开展览不像今天这么多，所以关于文展时代的作品，都还能清楚地记得。春举先生的《盐原之奥》和《雪中之松》，我都留有鲜明

[1] 山元春举(1871—1933)，日本画家，师从幸野梅岭，与竹内栖凤、谷口香峤和菊池芳文并称"梅岭四天王"。

的印象。

春举先生在青年绘画共进会上画的海边童子,那种笔力、对裸体的表现等,在我们当中都实属罕见,让人耳目一新。不仅是取材表现,在色彩上也给人崭新的感觉。

还有一件旧事,是他去世不久前的时候了。我因为有事乘电车外出,不经意一看,发现对面坐着的正是春举先生。当时我这边正好有阳光照过来,春举先生说"请过来这边坐吧",正好他旁边的座位空了出来,我就坐在了他旁边。车内广播播完之后,我们聊起了天。最后春举先生总结说,现在的画坛,不能都忘了传统的手法,而流俗于轻佻浮薄。

当时,春举先生还谈起"据说膳所❷的别墅非常漂亮呢","你还没去过?我因为拜领御所❸大祭典的材料,而修了茶室,你有空时一定来一趟啊"之类的话。这不过是去年的事,真没想到春举先生会这么快就离世。

我十六七岁的时候,全国绘画共进会在御所举办,场地中有一座古代宫殿似的建筑,时常大门洞开。当时春举先生画了海边童子的画。我在长八寸的大幅绢本上画了

❷ 膳所,滋贺县大津市内的地名,临近琵琶湖,因近江八景之一的粟津晴岚而闻名。

❸ 御所,皇宫,亲王或大臣或将军其住所的敬称。

《月下美人》，画的内容是美人凭栏。那幅画获得了一等褒奖，春举先生说有亲戚想要我这幅画，请我把画让给他。于是这幅画就去了春举先生家。之后的事情我就不清楚了，只是记得那大约是明治二十五六年的事了。

我说的没有条理，只是想到哪说到哪。

（昭和九年）

竹内栖凤先生的往昔旧事

近些年来栖凤先生一直在汤河原❶，很少有机会见面，因此要想起有关先生的事，脑海中浮现的尽是些久远的旧事了。

关于栖凤先生最早先的记忆应该是在我十六七岁，还在松年先生的私塾时。当时如云社的新年大会每年一月十一日在圆山公园举办，我跟着社里的人们也去过几次。此会云集了京都画坛各派的先生和弟子们，特别是新年大会，大家都鼓足了劲拿出作品展出，不论资历高低都并列一堂，真是一派盛况。当时松年塾的塾头❷是一位叫斋藤松洲的人，大会第二天，大家在私塾聚会时热烈谈论起会上展出的画，塾头说："年轻人中间果然还是栖凤氏画得最好啊。"栖凤先生将来能成为了不起的天才，当时就道破这一切的松洲氏也很了不得啊。

我记得当时先生展出的作品好像是《枯木猿猴》，从那时起先生在年轻人中间就备受众望。

我在梅岭先生的私塾学习了两年，当时梅岭塾里的芳文、栖凤、香峤三位先生年纪相当、意气相投，彼此竞争着似的磨炼画技。但我在塾里却从没见过这三位，正心想

---

❶ 汤河原温泉是位于流入相模湾的千岁川沿岸及其上游藤木川沿岸的温泉街。

❷ 塾头：即"私塾的领头"，相当于班长。

这到底是怎么回事，原来当时他们都被梅岭先生逐出师门了。虽然不知道原因，恰逢我在东京的美术协会上展出的琴笛合奏的画完成了，想请梅岭先生看一看，就去先生的宅邸拜访，正碰上三人一起前来，梅岭先生在大家面前看了我的画。

虽然有一段时间梅岭先生的确没让他们再出入家中，但后来梅岭先生荣获帝室技艺员❸，正好大家要为他庆祝，遇此喜事私塾里的前辈们不来齐可不行，因此高谷简堂等与梅岭先生亲近的几位从中斡旋，于是栖凤先生三人得以一同登门拜访。

说起当时私塾的风气，因为当时的时代风气是要求弟子必须画得和师父相差无几，而栖凤先生、芳文和香峤先生等几位又热衷于研究古画，包括狩野流、雪舟，还有伴大纳言❹、北野缘起❺、鸟羽僧正❻等的绘卷。因此他们所

❸ 1890—1944年。日本政府根据皇室的授意，模仿法国的艺术院制度，制定了以保护美术工艺家和奖励艺术品创作为目的的"帝室技艺员"的制度，为终生享受敕任官待遇并领取工资的名誉职务。

❹ 伴善男（809—868）伴国道之子，公卿。于866年升为大纳言，正三位。因此又称伴大纳言，曾与左大臣源信发生权利之争，趁应天门火灾欲诬陷源信，在藤原氏的查处下反被指为放火者，被流放伊豆岛，幸连全族。伴大纳言绘卷是以平安时代的应天门之变为题材绘制而成的长轴画卷。

❺ 北野天神缘起绘卷。公元十三世纪初期日本著名的连环图画之一，共有八卷。创作于神道社院。描绘的是菅原道真（845—903）的故事。因于公元947年在京都北部北野地方建有奉他为天神的庙宇，故名。菅原道真是政治家、书法家和诗人，曾升任辅助宇多天皇的右大臣。因受政敌藤原时平的逆告诽谤，被流放九州太宰府。在那里忧悉郁而死。以后皇宫屡遭雷击，有些大臣也因此丧命。这些事件的发生被认为是道真冤魂的报复，因而建立庙宇以安定其魂灵。

❻ 鸟羽僧正（1053—1140）。源隆国第九子，天台宗僧人。擅长绘画。《古今著闻集》《长秋记》都对其画技有记载。一说《鸟兽戏画》是其作品。

画的作品充满朝气和独创性。我记得梅岭先生说过："最近栖凤好像画了些奇怪的画啊……"当时的时代风气主张塾生只要老老实实按照师父的模子来画就行了，因此栖凤先生的态度可能被梅岭先生当作了异端。

毕竟梅岭先生的脾气很严格，而栖凤先生则是位豪放的人……过了很久之后，栖凤先生回忆往事时讲了这样一番话：

我在梅岭塾学习时，有时先生会让大家临摹绘卷，每次安排人值日，几个人一起负责当天的工作。一次我因为有事，白天出去了。先生每次会给值日的人拿些茶和豆包当点心，我当天出去办自己的事了，所以得到的豆包只有别人的一半——大概是因为我白天不在，只做了一半的工作吧。哪有这么一板一眼的，我不禁愤然拿起豆包扔了出去，结果又被老师好好训斥了一顿。

这件事可以充分体现出梅岭先生的性格了。

梅岭先生死的那年春天，第四回内国劝业博览会召开，我展出了作品《清少纳言图》。当时想着得有人来替我看看草稿画得怎么样,正好有位与我有交情的人认识栖凤先生,经他介绍,栖凤先生看了我的画,之后我就一直在先生的私塾里学习了。

栖凤先生的御池画室当时还没建成,就在楼下作画。我们登门上课时,先生一直都是在那里和我们说话。搬去御池之后过了一段时间,有一次,画室里裱挂着一幅一尺八寸到一尺五寸左右的水墨画《寒山拾得》,看上去像古画,却总觉得有独创之处,第一眼看到时我就深深地被感染了。当时一般的画都是中规中矩,四条派的话就是在四条派的传统中孕育的,而这幅画所展示的氛围是前所未有的,因此让人感到惊异。因为太感动了,我诚惶诚恐地请求"可以让我临摹吗"。先生虽然说"因为不能带去学校,画这画又太费时了,真是伤脑筋啊",但最后还是说"要临摹的话直接临摹也没关系",爽快地答应了。于是我赶紧画起来。这幅画后来不知道借给了谁没能要回来,真是可惜。

忘记是梅岭先生的一周年忌日还是三周年忌日了,在御苑里召开画展,展出梅岭先生的遗作,弟子、孙弟子们的作品也一并展出。当时展出栖凤先生的作品是六曲一双的屏风画《萧条》,用水墨画的枯柳,非常出色。

之后我所记得的先生作品有：四回博览会上展出的三尺左右宽的《松间织月》，画着西行法师❼行旅鸭立沢❽的《秋夕》，画着鼬在芭蕉和连翘交织的草丛间飞跑的《废园春色》，一头大牛在树荫下睡觉的《绿荫放牧》——我还临摹了这幅画中牛和牧童的部分。《骷髅舞》也是一幅杰作。画的是骷髅手持色彩艳丽的扇子跳舞，但据说这幅画落选了。

画室斜对面是茶室，先生在桌前查阅资料时，先生两三岁的女儿小园摇摇摆摆地从茶室出来，"阿爸，不要动呀"，拿着梳子给先生梳头。先生就笑"啊呀，好痒，好痒啊"，这画面还留在我眼前。

有时候先生会画描绘雨中场景的画。如果只用湿毛刷把画布刷一下，水汽只能停留在表面，不能充分渗透到绢布里。要让水汽充分渗透，不仅要用毛刷刷，还要用湿布巾"飒飒"地擦，情况才会变好。之后在上面画柳树或别的什么，再在上面用湿布巾擦。擦的时候绢布会发出"啾啾"的声音。先生频繁地擦，隔壁房间的小园就走出来用可爱的声音说："阿爸，画在'啾啾'地叫呀。"于是先生

❼ 西行法师（1118—1190），平安时代末、镰仓时代初期的歌人。俗名佐藤义清。曾仕鸟羽太上皇。长于和歌。二十三岁出家。在洛外结庵修行。他的和歌，平淡中有诗魂的律动，文辞自由跌宕。具有修行者清冽枯淡的心境和个性。

❽ 鸭立沢，位于神奈川县大矶町西南部的溪流。西行法师去陆奥途中曾在此吟咏和歌。

应道:"嗯,画是在'啾啾'地叫呀。再给你做一遍吧。"就又在绢布上"飒飒"地擦。我曾经在一旁给可爱的小园画过写生。如今突然拿出当时的写生册来看,不禁思绪沉浸其中。

我想也是在那个时候,每逢星期日,先生会去高岛屋。然后到了夜里回来,御池的房子的后门从门口开始就是石头铺的小道,只要听到那里传来"喀啦喀啦"的木屐声,我们就知道是先生回来啦,因为我们知道先生走路的习惯。然而有时候会错把塾生的脚步声当成先生,因为塾生连走路习惯都和先生一样了,真是叫人感佩啊。之后我注意到西山(翠嶂)先生吸烟时的手势和先生一模一样,吓了一跳。我想这才是真正的师父和弟子的关系吧。画画也是一样,刚开始只是模仿师父,一点问题也没有。为先生而倾倒,到了不能不模仿的地步,觉得师父了不起,这才应该是真正的弟子的心情。像最近那种强调"个性",不知所以、手法也不熟练就擅自妄为,这种时势究竟是好是坏,实在难以断言。先做到把师父模仿到家,之后个性才能充分发挥出来。

栖凤先生去世之后,如今更想起先生的种种伟大之处了。

说说我的母亲

地道的京都商业街姑娘

高仓三条有一家叫"千切屋"的和服店,冬天卖棉服,夏天卖麻布单衣,母亲就是在那里上班的经理贞八的女儿。所以是地道的京都商业街姑娘。

话说回来在一地土生土长,实在是很好啊。这么说不知道别人会怎么想,母亲的话,只要是收到别人送的礼物,都会小心地解开水引绳❶,把纸"骨碌骨碌"地卷在一根长棒上。礼签则马上放进箱子里。最上面的一张纸虽然是废纸,但第二张纸如果有折痕,就用熨斗抹平,与同样大小的纸一起卷到长棒的芯上。想使用的时候就拿出来,每张纸都像崭新的似的一点也没变。万事都像这样,其实非常要动脑筋。母亲勤勤恳恳地处理着一切。"不浪费"和"小气",感觉完全不一样。该做的时候就果断地做,我们身边的事,母亲都留心不浪费。我认为这份心在任何时代都是很珍贵的。母亲也没有特别对我说教,我只是耳濡目染地学着做罢了。

我的母亲,一言以蔽之,是一位比男人还坚韧、能干

❶ 水引绳,用特殊的绳子绑成各种各样的物体造型及形状,通常被用在装饰礼物的封面上。

的人。母亲在二十六岁时生了我,我只有一个大四岁的姐姐。我降生于明治八年四月二十三日,我的父亲死于同年的二月。也就是说,我的母亲是在失去了丈夫后生下了我。父亲建起了四条御幸町的店,刚刚创办起茶铺。父亲去世时,亲戚、本家的人们都说:"才二十六岁,还拖着两个孩子,实在是不能把店经营下去。把店关了换家小的吧。"但是刚毅的母亲说,这是丈夫好不容易开创的事业,现在把店关了过上小日子的话,就不知何时能再扩大了。无论如何,母亲都想把店就这样开下去,于是对亲戚们回绝道:"没关系。我会把店经营下去。"

因为这么说了,母亲就决定不能给别人添一点麻烦,使唤着一个学徒,凭一介女流之力经营起店铺。她的身体很健壮,真是非常勤劳。大概是我五岁左右的时候吧,夜里两点,我突然睁眼醒来,听到"沙簌沙簌"的声音。"是什么呀?"我这么想着,原来是母亲在把焙炉的茶放回去的声音。母亲有品茶辨味的敏锐感觉。做茶买卖的,必须要能分辨茶的味道。这么说,是因为有一类叫"茶鸢"的人,就像今天的茶叶商一样,来店里卖茶。他们称"这是宇治的一品茶",母亲道:"暂且喝来尝尝。"母亲试喝之后,仔细品味,说:"不,这里面混了静冈的茶。"看破了他们的把戏。于是,刚开始抱有"是年轻寡妇呀,去骗一下吧"的心情而来的"茶鸢",也知道了"那边可骗不过去",而送来了品质上乘的茶。

四条大街上人流很多,老主顾增加,店也繁盛起来。然而,在我十九岁时,隔壁家起了火,危难之中虽然免于全烧,但家里的东西搬了出来,沾满了泥。瓦也都被掀掉了。等火灾灭了之后,店门口虽然不要紧,里面却是半坏的状态,会漏雨,实在是没法在这里住了,就搬到稍微有点远的朋友家,母亲继续做生意。后来,姐姐出嫁,于是就变成了母亲、我和学徒三人的生活。于是,母亲说四条大街虽然繁盛,但因为人多,夜里也不能关店,现在想要夜里把店关了,稍微悠闲一点,想到安静的街区去住,于是就搬到了堺町四条之上。

绘画之心的血统

要说我绘画的素质是从哪来的,大概是从母亲那边继承的吧。母亲也是个有绘画之心的人。外公也喜欢绘画。四条大街上有很多卖纸袋和旧书的夜摊。母亲遇到时,会买些旧的绘本,照着上面临摹。她的字也写得很好。茶壶上所贴的写有茶名的纸如果变红了,母亲就自己写了重新贴上。

母亲二十六七岁时写的茶叶价格表我现在还留作纪念，上面写着"龟之龄一斤六圆也、绫之友一斤五圆五十钱也"，字如同书法家写的。正月松之内❷时，店里会关上大门休业，这时出入口的纸拉门上，店家会写上大字，酒水铺的话写"酒"，茶叶铺的话就写"茶"。这种大字母亲也会自己写。在店门前挂着的大灯笼也是，灯笼店虽然写了"茶"，母亲会用纯白的纸重新糊一遍自己写上大大的"茶"。我因为替母亲研墨，所以记得很清楚。

我从小就喜欢画画，坐在账房的阴影处埋头画，母亲不仅没有训斥我，还鼓励我说："你这么喜欢的话，就坚持下去吧。"但是，别人却不这么看，有一个说三道四的叔父指责母亲说："女孩子就让她学学针线泡茶，上村家让女孩子学画，想干什么呀？"我十五岁的时候，东京召开内国劝业博览会，我第一次展出了作品《四季美人图》。英国的皇子康诺德殿下正好来日本游玩，注意到我的画，买了下来。一时间，上村松园的名字登上新闻报纸，那个叔父第一个飞奔过来，态度大大地转变："真是

❷ 日本新年门前设有松枝期间（元旦到一月七日或十五日）。

可喜可贺呀。再努力成为大人物吧！"接着，我的作品出访巴黎，入选圣路易斯的展览会，获得了铜牌呀银牌呀的奖章，漂洋过海。在日本国内也参展了美术协会，明治四十年时也参加了文展。

我二十八九岁时，母亲停下了茶铺生意。人说三十而立，我以画画为业，往后也能自立了，母亲就想让我待在与画画的人相称的环境里，就停了生意，在我三十岁那年，搬去了御池车屋町一处高雅的房子。母亲停止生意时，带着茶壶里剩下的大量茶叶，去拜访老主顾，说："长年受您的照顾，万分感谢。"给一直买玉露茶的人家送去玉露，给买煎茶的人家送去煎茶，给买薄茶的人家送去薄茶，一家家上门打招呼。

穷途末路时母亲的那些话

说起母亲，有这么件事。一年，文展的截止日期迫近，我却无论如何也无法整理出构想，陷入困境中，心情烦躁。终于，连话也不说，从早到晚把自己关在画室。母亲进来，对我说："在为什么烦恼呢？对了，是文展的画吧，在为这个烦恼吧。要不，今年就别画了！"我每年都有参展，只有今年不参加，实在是可惜，所以怎么也无法听从。于是,母亲说:"文展嘛,不就是把大家的画像商店里的商品一样摆在一起嘛。试着从高空中往下看看这个商店吧。今年没有我的画,想必这店会寂寞的吧。来年,要用我的画来让店里热闹起来,总之,试着这样想想看。连这点自信和骄傲都没有是不成的。"母亲的这番话,让我茅塞顿开,于是下定决心不参加这次的文展。两个月后定心参加意大利的展览,心平气和地构思,画出的《人偶戏》成功入选。母亲那清晰冷静的性格,多次在我烦恼迷茫的时候,为我打开新的思路。

母亲的疼爱

家长只有母亲一个人,我是这么想着长大的。没有父亲,我也没有觉得寂寞。对我来说母亲就很好,是最重要的人。

母亲虽然绝不会纵容我,但却相当疼爱我。出去旅行时,我们两人都互相为彼此担心,我想着母亲在等我,总是想着尽早回家。

我记起这样一件事。我十多岁的时候,母亲去三条绳手下[3]的亲戚家,我和姐姐在家等母亲回来。但左等右等,也不见母亲回来,我很担心,就拿着伞,从奈良物町穿过四

[3] 三条绳手下,京都地名。

条大桥，去接母亲。当时下着雪，是一个寒冷的冬夜。

还是小孩的我非常想哭，终于走到了亲戚家门口，正好，母亲起身准备回家，看见我，"啊"的一声显出吃惊的样子，接着又很高兴地说"你来了啊，哎呀，哎呀，一定很冷吧"，说着把我冻僵的手握在两掌之中，为我搓热。

"母亲！"我用哭腔叫道。

"啊，你来接我了啊，这么冷的天！"

母亲说着，握住我冻僵的双手，一边呵气一边揉着。我不禁流下了泪水。

母亲的眼中也浮起了泪光。虽然是件平常不过的小事，但此情此景，我一生难忘。

母亲在昭和九年，八十六岁的时候过世。然而，在七十九岁时因脑溢血而倒下之前，她都很健壮，外出的时候，健步如飞，跑在年轻人前面。松篁的媳妇嫁过来的时候她也看见了，看着三个曾孙玩耍嬉戏，度过了幸福的晚年。

对母亲的追慕

对于从未见过父亲的我来说，母亲是"身兼父母两职"的家长。

我的母亲在二十六岁就成了年轻的寡妇。
但她比任何人都坚强。因为在那样的年代，是她带着我和姐姐两个孩子独立地活下来。

母亲不输男子的气概，大概也遗传给我了。
我能在滚滚俗世的浪潮中战斗、独立生存，应该也是由于体内流着母亲的血液吧。

母亲刚刚成为寡妇的时候，亲戚们为母亲和我们姐妹的将来操心，"一个女人要拉扯两个孩子，还要做生意，是不可能的""把姐姐送去做帮佣怎么样？这样可以减少家里吃饭的人口""再去领养一个儿子吧"……虽然亲戚们提出了很多忠告，但好强的母亲毅然决然地说："只要我能工作，我们母女三人总能过得去的。"从那以后，母亲为了我们，不惜力气地工作。

母亲把彰显意志的话说出去后，不论遇到什么困难，也没有向亲戚乞求援助。

如果按照当时亲戚们的提议，如今我还能不能像这样沉浸在绘画世界，就不得而知了。

看着家里经历的危机，看着不为他人意见左右、充满坚强勇气的母亲对我们的深深关爱，我才真正体会到可敬的"母亲之姿"。我总是回忆起母亲坚强的样子，内心充满感激。

我们家是开茶叶店的，为了让茶叶干燥，有一个很大的焙炉场。

茶叶不能受潮，我有时候也会去起炉子让茶叶干燥，但是对于火候的掌握总是不得要领。

小时候，我在夜里会突然从睡梦中睁开眼睛，听到店里有咕嘟咕嘟的声音，原来是母亲深夜起来点炉子炒茶叶。

茶叶的香味飘到了寝室，我一边闻着香味，一边又迷迷糊糊地沉入梦乡。

哗啦哗啦，哗啦哗啦，烘焙湿茶的声音，听起来像树叶掉落的声音……

我十九岁的时候，邻家起了火，我家也被全部烧掉了。

火势很大，我们没有搬东西出来的时间，连我苦心画出来的临摹画和参考品也都被烧了。我伤心得直发愣。

母亲对于家具和衣服被烧毫不可惜，对我的画被烧，却十分痛惜。

"衣服和家具，只要工作赚了钱就能回来，而画却不能再回来了，永远不能再画出一模一样的画了，真可惜啊。"

我听到母亲这话的时候，对于失去画和参考品的心痛，稍微缓解了一点。

母亲不知道，我从她的话里得到了多少的力量、多少的慰藉。

母亲没有败给火灾造成的打击，带着我们搬到了高仓的蛸药师，一边继续经营茶叶铺一边照顾我们。那一年的秋天，姐姐风风光光地出嫁了。

之后，我和母亲两个人生活，母亲更加努力地工作，对我说："你不用担心家里的事。全心全意地画画吧。"看得出，她看着我全神贯注地画画的样子，心里暗暗高兴。

托母亲的福，我没有为生活操心，可以以画为生命、为手杖，在绘画的道路上战斗。

给予我生命的是母亲，给予我的艺术以生命的，也是母亲。

因此我只要在母亲身边，就算一无所有也觉得幸福。

我不远游。如果云游四方，就会把母亲一个人留在家，我实在做不到。

因此昭和十六年的中国旅行，才是我的第一次旅行。

我的母亲在昭和九年的二月，于八十六岁高龄去世。自从母亲去世，我就在家里挂上母亲的照片。我也好，儿子松篁也好，每次出去旅行或是回家之后，一定要走到照片下打声招呼。

"母亲，我出去了。"

"母亲，我回来了。"

我没有家世，没有背景，之所以能够真正地独自精进艺术，全是托母亲的福，将茶叶生意经营起来，给我提供经济保障，在收入范围内让我没有任何不自由地生活。我永远无法忘怀母亲的慈爱。我的作品中有很多表现了"母性",《税所笃子孝养图》和《母子》以美人画里很少有先例的母爱为主题,这都是出于对母亲的追慕。

在文展上展出的作品也好,参加其他展览的作品也好,在运出家之前,我一定要放在母亲的照片前。

"母亲,这次画的是这样的画。您觉得怎么样?"

先给母亲看过,再送出去。

此生,我都会让母亲看到我的每一幅画。

上村松園

Uemura Shoen

1941
美人读书

上村松园

**1893
梳妆**
上村松园

1940
新叶

上村松园

1914
舞仕度
上村松園

1935
花嫁
上村松园

1926
少女
上村松園

1940
春芳
上村松园

1936
母子

上村松园

1932
新蛍
上村松園

1904
游女龟游
上村松园

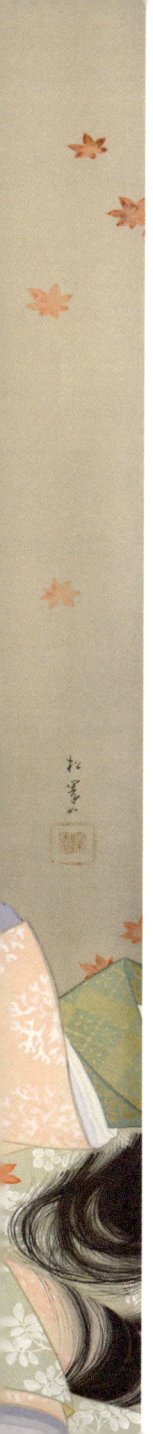

1915
花篮
上村松园

横山大观

Yokoyama Taikan

1912
潇湘夜雨
横山大观

1931
红叶

横山大观

1929
夜櫻

横山大观

桥本关雪

Hashimoto Kansetsu

1940
猿
桥本关雪

1941
夏夕
桥本关雪

1939
秋画

桥本关雪

一九四九　昭和二十四年　七十四岁

松坂屋现代美术巨匠作品鉴赏会展出《初夏傍晚》。

八月二十七日，因肺癌去世。谥号寿庆院释尼松园。

一九四四　昭和十九年　六十九岁　七月，成为日本帝国艺术院会员。

一九四五　昭和二十年　七十岁　担任第一届京展审查员。

一九四六　昭和二十一年　七十一岁　担任第一届日展审查员。担任第二届京展审查员。

一九四七　昭和二十二年　七十二岁　日本美术国际鉴赏会展展出《雪中美人》。第十届珊珊会展展出《静思》。

一九四八　昭和二十三年　七十三岁　十一月，获得文化勋章。白寿会展展出《庭之雪》。

一九四零　昭和十五年　六十五岁

第六届春虹会展展出《栯》。

纽约万国博览会展出《鼓之音》。

一九四一　昭和十六年　六十六岁

第四届新文展展出《夕暮》。

第七届春虹会展展出《咏花》。

第六届京都展展出《晴日》。

成为帝国艺术院会员。

十月下旬到十二月上旬前往中国旅行。

一九四三　昭和十八年　六十八岁

担任第六届新文展审查员，展出《晴日》。

关西画展展出《晚秋》。

六合书院出版随笔集《青眉抄》。

013

一九三六 昭和十一年 六十一岁 文部省美术展览会展出《序之舞》。
第二届春虹会展展出《春宵》。
第二届五叶会展展出《时雨》。

一九三七 昭和十二年 六十二岁 第一届新文展展出《草纸洗小町》。
第三届春虹会展展出《春雪》。
完成皇太后御用画《雪月花》。

一九三八 昭和十三年 六十三岁 第二届新文展展出《砧》。
京都美术俱乐部三十周年纪念展展出《鼓之音》。
担任第三届京都展审查员。

一九三九 昭和十四年 六十四岁 第五届春虹会展展出《春莺》。

一九三四　昭和九年　五十九岁

二月，母亲仲子去世。

第十五届帝展展出《母子》。

大礼纪念京都美术馆展展出《青眉》。

一九三五　昭和十年　六十岁

和竹内栖凤、土田麦僊等十七人组织春虹会展，第一届展出《天保歌妓》。

第一届三越日本画展展出《鸳鸯髻》。

大阪美术俱乐部纪念展展出《春之妆》。

东京三越展展出《土用干》。

五叶会展第一回展出《黄昏》。

高岛屋现代名家新作展展出《春苑》。

第一届五叶会展展出《日暮》。

担任第一届京都展审查员。

一九二九　昭和四年　五十四岁　意大利日本画展展出《新萤》。

一九三零　昭和五年　五十五岁　罗马日本美术展展出《伊势大辅》。制作德川菊子姬高松宫家御用画《春秋》。

一九三一　昭和六年　五十六岁　柏林日本美术展展出《晾晒》。该画作在德国政府的期望下送给德国国立美术馆。

一九三二　昭和七年　五十七岁　白日庄东西大家展展出《伏天前后晒衣》。制作岩岐家拜托画作《虹》。

一九三三　昭和八年　五十八岁　白日庄十周年纪念展展出《春衣》。

一九一八　大正七年　四十三岁

第十二届文展展出《焰》。

从前的老师铃木松年去世。

一九二二　大正十一年　四十七岁

第四届帝展展出《杨贵妃》。

一九二四　大正十三年　四十九岁

成为帝展审查员。

一九二六　大正十五年　昭和元年　五十一岁

第七届帝展展出《待月》。

圣德太子奉赞展展出《少女》。

一九二八　昭和三年　五十三岁

制作御大典纪念御用画《小町草纸洗》。

母亲仲子卧病在床。

一九一二　明治四十五年　大正元年　三十七岁　第十七届新古美术品展展出《宠妾》。

一九一三　大正二年　三十八岁　第七届文展展出《萤》《化妆》。

一九一四　大正三年　三十九岁　第八届文展展出《舞仕度》。平和纪念大正博览会展出《娘深雪》。搬到间之町竹屋町上。

一九一五　大正四年　四十岁　第九届文展展出《花筐》。

一九一六　大正五年　四十一岁　第十届文展展出《月蚀之宵》。获得文展永久无审查资格。

年份	年号	年龄	事件
一九零八	明治四十一年	三十三岁	第二届文展展出《月影》。获三等奖。
			第十三届新古美术品展展出《秋夜》。
一九零九	明治四十二年	三十四岁	第十四届新古美术品展展出《柳樱》。
			青木嵩山堂版《松园美人画谱》出版。
一九一零	明治四十三年	三十五岁	第四届文展展出《上苑赏秋》。
			第十五届新古美术品展展出《操纵人偶的人》。
			第十届巽画会展成为审查员，展出《花》（直到大正三年十四届会展一直担任审查员）。
一九一一	明治四十四年	三十六岁	罗马万国博览会展出旧作《上苑赏秋》《操纵人偶的人》。
			第十一届巽画会展展出《美人吹雪图》。

一九零三　明治三十六年　二十八岁

搬到车屋町御池下。

第五届内国劝业博览会展览会展出《姐妹三人》。

一九零四　明治三十七年　二十九岁

第九届新古美术品展展出《游女龟游》。

圣路易斯万国博览会展出《春之妆》。

幸野梅岭逝世十周年纪念展展出《春日乙女》。

一九零五　明治三十八年　三十岁

第十届新古美术品展展出《花之烂漫》。

一九零六　明治三十九年　三十一岁

第十一届新古美术品展展出《柳樱》。

《税所敦子孝养图》捐赠给京都初音小学。

一九零七　明治四十年　三十二岁

第一届文部省美术展览会展出《长夜》。

第十二届新古美术品展展出《繁花烂漫》。

东京美术协会展展出《虫之音》。

一九零零 明治三十三年 二十五岁

第六届新古美术品展展出《轻女惜别》。

第九届日本绘画协会·日本美术院联合共进会展出《花样女子》。获二等银牌,画坛地位得以稳固。

一九零一 明治三十四年 二十六岁

第七届新古美术展展出《园里春浅》。

第十届日本绘画协会·日本美术院联合共进会展出《雪中竹》。

第十一届日本绘画协会·日本美术院联合共进会展出《背面美人》。

一九零二 明治三十五年 二十七岁

东京美术协会秋展展出《少女》。

第十三届日本绘画协会·日本美术院联合共进会展出《时雨》。

儿子信太郎(松篁)出生。

一八九七	明治三十年　二十二岁	第一届全国绘画共进会展出《一家乐居》。 日本美术协会秋展展出《寿阳公主梅花妆》。
一八九八	明治三十一年　二十三岁	第四届新古美术展展出《重衡朗诵》。 日本美术协会秋展展出《古代上臈》。 日本绘画协会·日本美术院联合共进会展出《美人》。 全国妇人制作品展展出《美人观书》。
一八九九	明治三十二年　二十四岁	第五届新古美术品展展出《人生之花》。 东京美术协会展出《宫女》。 第二届全国绘画共进会展出《唐明皇赏花图》。 第七届日本绘画协会·日本美术院联合共进会展出《雪中美人》。 巴黎万国博览会展出《母子》。

一八九四　明治二十七年　十九岁

日本美术协会展展出《美人卷帘》。

一八九五　明治二十八年　二十岁

第四届内国劝业博览会展出《清少纳言》。
青年绘画共进会展出《观义贞勾当内侍》。
日本美术协会秋展展出《古代美人》。
幸野梅岭去世，师从竹内栖凤。

一八九六　明治二十九年　二十一岁

日本美术协会春展展出《暖风催眠》。
日本美术协会秋展展出《妇人爱儿》。
搬到堺町四条上宫。

一八九零　明治二十三年　十五岁

第三届内国劝业博览会展出《四季美人图》，被适逢访日的英国康诺特亲王殿下买下。

一八九一　明治二十四年　十六岁

全国绘画共进会展出《美人观月》。

京都工业物产会展出《处女倚柱》。

日本美术协会展出《和美人》。

一八九二　明治二十五年　十七岁

美国芝加哥博览会（农商务省订制画）。

京都春期绘画展览会展出《美人纳凉》。

一八九三　明治二十六年　十八岁

日本美术协会展展出《美人合奏》。

师从幸野梅岭门下。邻家失火，房屋烧毁，搬到高仓通蛸药师。

上村松园年谱

一八七五　明治八年

四月二十三日，出生在京都市下京区四条御幸町西的奈良物町。是父亲上村太兵卫（两个月前去世）和母亲仲子的次女。本名津弥。

一八八一　明治十四年　六岁

进入佛光开智小学。

一八八七　明治二十年　十二岁

进入京都府立画院，师从铃木松年。

一八八八　明治二十一年　十三岁

二月跟随从府立画院辞职的铃木松年而退学，在松年的私塾学习。自如云社展出作品《美人图》开始使用『松园』这个雅号。

上村松园
うえむら しょうえん

1875—1949

生于京都。日本画坛"前无古人、后无来者"的天才少女，活跃在明治、大正、昭和年间，二十世纪最伟大的美人画画家。

十二岁习画；十五岁以《四季美人图》参展第三次国内劝业博览会，获一等褒奖；一九四八年成为日本帝国艺术院最年轻会员；一九四一年成为日本文化勋章首位女性获奖者。代表作《序之舞》《人生巅峰之作》、《娘深雪》、《花筐》、《焰》（盛年之作）、《草纸洗小町》、《砧》、《侍月》、《母子》、《夕暮》。

面对时代偏见、命运浮沉，松园带着对绘画持续终身的热爱，冲破女性画家举步维艰的时代枷锁，终以画笔安身立命。每一幅画，都是美的显像，见画，如见美人来。

出版人：陈涛
选题策划：陈丽杰 仇云卉
责任编辑：陈丽杰 仇云卉
装帧设计：●
内文设计：迟稳
责任印制：刘银 范玉洁
团购电话：010-64263206